隱蔽搜查（いんぺいそうさ）4

轉迷

今野敏

1

大森署一樓的署長室，今天也門戶大開。

是龍崎伸也親自如此指示，以便課長等下屬隨時進出。

署長室內備有桌椅，隨時都可以召開幹部會議。辦公桌上堆積著如山的公文。

塞滿了檔案夾的公文盒共有四盒。換算成數量，約是七百份公文。

每天早上龍崎都看著這幕景象。除非埋首拚命批閱蓋章，否則根本無法處理完全部的公文。

因此在他聆聽著課長們的口頭報告時，手上仍必須馬不停蹄地蓋章。

早上第一個前來報到的，是齋藤治警務課長。龍崎總是覺得，再也沒有比從外表就耿直忠實的齋藤更適合警務課的人才了。

在大森署的課長當中，齋藤是最年輕的一個，但由於長相和氣質都很不起眼，看起來實在不怎麼年輕。

齋藤前來傳達當天的行程。行程龍崎都記在腦裡了，但齋藤的報告還是有助於確認。

沒有人是完美的。即使是龍崎，也會有不小心忘記預定的時候。真正優秀的人不會過度自信。他們很清楚有時也必須借助身邊的人的力量。

這天下午要和區長等區公所高層開會。警察署和區公所經常開會。很多時候，整場會議都在閒聊。

此外。還有和教育委員會的會議，有時也會被特定的區議會議員找去。然而多半都不是為了什麼重要事務。只要仔細讀過警察署的公告內容，根本不需要特地見面談。

龍崎總是在想：就沒有辦法減少這種徒勞的業務嗎？

「不能叫警務課長替我出席嗎？」

龍崎在說下午的區公所會議。

齋藤警務課長瞪圓了眼睛。

「署長親自出席才有意義。」

「什麼意義？」

「警察首長涖臨，區長才會滿意。」

「浪費有限的時間，就為了讓區長滿意嗎？」

「這也是署長的職務之一。」

齋藤斬釘截鐵地說。

龍崎剛到任時，齋藤動不動就為龍崎的言行驚愕慌張，但最近似乎也漸漸習慣他的作風，開始暢所欲言了。

「再說，我又不是警察首長。想要和首長說話，就該找警視總監或警察廳長官。不，警察真正的首長是國家公安委員長吧？」

「署長認為東京都的一區能請到那樣的大人物嗎？」

「應該也不是不可能。」

龍崎這話是認真的。如果有這個必要，管他是國家公安委員長還是總理大臣，都應該找去。

「這是要討論區的事務，那樣太誇張了。再說，對方也不可能為小地方的事務撥出時間。」

「你剛才不是說，區長只要見到警察首長就滿意了？」

「我是在說大田區內的事。」

「既然如此，能不能叫次長代理？」

「副署長是署裡的公關要角，媒體公關全都由副署長應付，因此最好盡量不要離開署裡。」

「這太奇怪了。次長是署裡不可或缺，但署長在不在卻無所謂？」

齋藤繃緊了表情。

「這是各司其職……」

所以署長才會到現在都被批評是花瓶職位──龍崎心裡嘀咕，但沒有說出來。

龍崎一面和齋藤課長說話，手裡一面不停地處理文件。蓋印章蓋成這樣，手居然還沒磨出繭來，真是難以置信。

「好吧。還有呢？」

「地域課長、刑事組織犯罪對策課長、生活安全課長、警備課長都沒有需要口頭報告的緊急重要案件。」

非常好。

「那，請次長過來。」

「是。」

齋藤課長幾乎是前腳剛走，貝沼悅郎副署長後腳就進來了。

「署長早。」

貝沼一板一眼地行禮。他剛好大龍崎十歲，但階級小龍崎兩級。龍崎是警視長，貝沼是警視。

貝沼體型清瘦，五官輪廓很深，半白的頭髮一絲不苟地往後梳，因此比起警察官，外貌看起來更像一流飯店的服務人員。

「各課長沒有需要口頭報告的事，表示最近一切風平浪靜？」龍崎說。

「可以這麼說。從昨晚到今早，沒有發出任何新聞連絡稿。」

這是指通知各報社有案件發生的傳真稿。

警政線記者都一定會聚集在次長——也就是副署長的座位周圍。齋藤警務課長說副署長是公關重鎮，此話一點都不錯。

這是警察署長年來的傳統。在過去，署長一職被戲稱為少主研修。年輕特考組菁英為了累積經驗，會被派往各地方警察署擔任署長。

這等於是要對年紀相當於自己的父親的部下發號施令。然後待個兩、三年就拍拍屁股走人了。

不能把整個警署的責任交給這種蜻蜓點水式的署長。因此實質上，警察署的指揮管理，就成了副署長的職責。情報也都集中在副署長手中。

「署長只是個花瓶」這話，反映了那個時代的狀況。

少主研修的舊習現在雖然已經獲得改革，但警察署的傳統並非一朝一夕就能改變的。

而且如同齋藤警務課長所說，署長的對外事務極多，實在無法整天守在警署裡。因此時至今日，實權依然容易由副署長掌握。

龍崎認為這種狀況遲早也必須改革。

扛起整個警察署的責任，這才叫做署長。負起責任，才能擁有各種權限。

「我知道了。」

「這或許是暴風雨前的寧靜。」

貝沼副署長這句話讓龍崎停下蓋印章的手，忍不住抬起頭來。

貝沼一如往常，表情雲淡風輕。

「有什麼讓你掛心的事嗎……？」

「不是的，只是……」

「只是什麼？」

「警察官做久了，怎麼說呢，遇上這種太平時刻，更容易感到惶惶不安。」

「不安……？」龍崎繼續蓋印章。「那就做好準備，以便隨時應變。會感到不安，是因為害怕萬一出事的時候，會處理不了。警察官沒空說那種話，必須做好萬全的準備，應付任何狀況。」

「署長說的沒錯。我會繃緊神經。」

貝沼就是這種畢恭畢敬的應話風格，讓人聯想到飯店人員。

暴風雨前的寧靜嗎……？

這還用說嗎，龍崎心想。

只要身在警察署，暴風雨就是家常便飯。所以偶爾遇上平靜的日子，反而會讓人不安也說不定。

龍崎蓋下印章，伸手要拿下一份公文時，通訊指令中心傳來無線電廣播。

通知東大井二丁目發現一具男屍。

龍崎立刻看向地圖，有些驚訝。隔著勝島運河，東大井二丁目的對岸就是勝島一丁目。

是第二方面本部（註：日本各都道府縣的警察本部底下，劃分有二個以上的方面本部，負責連繫該區域內的各轄區警察署與本部，爲統籌角色。警視廳底下有十個方面本部）及第六機動隊的所在地。

換言之，等於是在第二方面本部的咫尺之處發現了屍體。

無線電連絡是來自警視廳（註：以東京都爲轄區的警察本部。因東京都爲首都，地位特殊，故異於其餘道府縣之警察本部，稱警視廳）二方面系統，因此大森署也能收到，但那裡並不屬於大森署的轄區。龍崎有些鬆了一口氣。

他有隨時應變處理的心理準備，而且也才剛指示貝沼副署長，要全署綳緊神經，以便採取實質應變措施。

但如果這是一起命案，應該會設立搜查本部。如此一來，就勢必要撥出相當多的預算及人力。

搜查本部對轄區警署而言，是十分可怕的負擔。以前還在警察廳（註：隸屬於國家公安委員會，管理警察制度、行政、監察等各方面事務的中央機關）時，龍崎從來沒想過這一點，但成為管理一個署的署長後，他痛切地體認到這件事。

預算還有辦法應付，但署員肉體上的疲憊，卻難以彌補。

被派去偵查的人員，理所當然必須將手上的案子先擱置一旁。一旦參加搜查本部，會如同字面所述，被迫不眠不休地查案。

為了填補被搜查本部挪用的人力，又必須調整人員。

龍崎認為現今通訊技術發達，尤其是網路極為便利，可以大幅節省人力，但即使在今日，遇到重大案件，顯然還是沒有比搜查本部、特別搜查本部、指揮本部這類集中偵查資源更好的方案。

發現屍體不在大森署轄內，龍崎會覺得鬆了一口氣，並不是因為他希望多一事不如少一事，而是關心自己的署員。

龍崎也曾經自問，身為一名警察官，這種心態是不是錯的？但他的回答是：沒有錯。

疲兵弱將無法作戰。司令官應該也要留意這一點。

龍崎想著這些，繼續處理文件，結果無線電馬上又傳來緊急通知。

大森北三丁目，「八幡大道入口」交通號誌附近發生肇逃事故，請求發動集中一號部署。

集中一號部署，也就是緊急部署。

終於來了……

龍崎蓋著印章心想。這下子，部署地點絕對會在大森署轄區。

遇到一號部署時，要在哪些地點設立臨檢站，交通課早有安排。同樣的，地域課人員的崗位也都事先規劃好了。

不需要署長出面指示，一切也都會自動安排妥當。
因為辦公室門開著，龍崎清楚地感受到署裡頓時忙亂起來了。
此時，貝沼副署長走了進來。
「署長聽到無線電了吧？」
「兩個通知都聽到了。幸好屍體不在大森署轄內。」
「也不能這麼說。」
「為什麼？」
「緊急部署時，遇到鄰近警署的案子，地域課人員也必須就部署位置。」
「這是當然的。」
「隔壁的大井署出了大案子，或許我們也必須支援。」
「大井署還是方面本部有要求支援嗎？」
「應該很快就會收到要求了。」
雖然是刑事案件，但對地域課並非沒有影響。龍崎也很清楚這一點，認為貝沼的話合情合理。

「你的意思是，等到要求或指示下來再應對就太慢了？」

「因為是緊急部署……」

「把地域課長叫來。立刻採取措施。」

「是。」

貝沼正要離開署長室，龍崎叫住他。

「我說過很多次，你這樣太浪費時間了，直接用這裡的電話打內線過去就好。」

於是貝沼也沒有猶豫浪費更多時間，回了句「不好意思」之後，立刻伸手拿起龍崎桌上的電話，要地域課長馬上到署長室來。

久米政男地域課長立刻過來了。雖然有點大肚腩，但以五旬男子來說，體型算是保持得不錯。他以前曾在柔道方面大放異彩。

「署長找我？」

龍崎問：「緊急部署安排得如何？」

「滴水不漏。」

「你知道大井署轄區發現屍體的事吧？」

「知道。」

「這是鄰近警署的重大案件。對我們的影響……」

說到這裡，電話響了。話筒傳來齋藤警務課長的聲音。

「方面本部來電。」

龍崎興起不太好的預感。

「誰打來的？」

「野間崎管理官。」

果然是他……

「我知道了。」

龍崎按下外線鍵。

「我是龍崎。」

話筒彼端傳來第二方面本部野間崎政嗣的聲音。他對龍崎似乎沒什麼好感，龍崎並不在意，但這件事有些擾人，也是事實。

「我相信緊急部署已經安排妥當了？」

雖然言詞還算禮貌，但語氣高高在上。

「當然。」

「大井署的案子，那裡聽說了嗎？」

「我聽到無線電了。」

「初步偵查發現，極有可能是凶殺案。大井署的人力都去處理現場封鎖等事宜了。」

龍崎聽著野間崎的話，向貝沼指了指話筒。光是這樣，貝沼似乎就會意了。他點點頭，小聲和久米地域課長討論起來。

野間崎的聲音繼續著：「我希望大森署派出幾輛警車到大森署和大井署的轄區交界處，守住你們那邊幾個點。」

雖然不是命令，但口吻不容分說。

「好，我會安排。」

「麻煩了。」

電話掛斷了。

龍崎放下話筒時，久米地域課長已經離開房間了。

「野間崎管理官要求派出警車守住轄區交界的幾個點。」龍崎說。

「我請久米課長直接連絡大井署的地域課長。」

「很好。」

「可能要把已經下班和休假的人員叫回來。」

「只能如此了。交通課那邊呢？」

「人員正趕往現場。交通鑑識也過去了。肇逃的話，本廳的交通搜查課應該也會派人過來。」

「視情況也有可能演變成刑事案件。也跟刑事課長確認一下。」

正式名稱是「刑事組織犯罪對策課長」，但因為太長，一般都沿用過去的稱呼，簡稱為刑事課和刑事課長。

「是。」

「聽說大井署轄內的屍體很有可能是他殺。」

「果然是凶殺案嗎……？」

貝沼副署長的表情一沉。他長年擔任警職，命案對他來說一點都不希罕。他應該是在擔憂案子波及到大森署。

發生在鄰近警署轄區的案子，經常會影響鄰近警署。有時涉案人士會住在這邊的轄區。

說不定嫌犯就潛伏在大森署轄內。

「這件事也通知一下刑事課長。」

「好的。」

「看來真的被你說中了，是暴風雨前的寧靜。」

「似乎如此呢。」

「但暴風雨是我們的日常。」

「我就知道署長一定會這麼說。」

貝沼行了個禮，離開署長室。

齋藤警務課長又過來了。

「下午和區長的懇談會要怎麼辦？」

「懇談？不是開會嗎？」

「區公所那邊說是懇談。」

「你說怎麼辦，是什麼意思？」

「緊急部署已經發布，我想署長可能會想推掉會議……」

「緊急部署下午前就會解除了。」

「肇逃是重大案件……」

「我已經交代交通課長和刑事課長了，他們會妥善處理。我會扮演好你所說的『我的角色』。」

「是……那麼就依照預定……」

齋藤課長返回座位了。

署內又忙亂起來。但龍崎感覺那絕對不是浮躁。只要指揮官穩若泰山，現場就不會混亂。貝沼做得很好，他也很信賴各位課長。

現在龍崎唯一能夠做的事就只有一件——繼續解決公文。

2

用完午飯，正覺得差不多該準備出門時，齋藤警務課長打內線過來了。他的聲音很緊張：「刑事部長來電。」

龍崎忍不住皺眉。警視廳的刑事部長伊丹俊太郎是龍崎的同期。不僅如此，兩人小學的時候還曾經同班。

「伊丹嗎？有什麼事？」

「你還是老樣子，那麼冷淡。」

「我很忙，正準備出門。」

「我也一樣很忙。」

「那有話快說。」

「你知道大井署轄內發現屍體吧？」

「是隔壁署發生的事，當然知道。我們也受到影響了。」

「已經查出死者是被人持刀殺害的。是件凶殺案。我想要立刻成立搜查本部……」

「那就成立啊。」

「你說過，就算不設搜查本部，只要利用現有的通訊技術和網路，即使是重大刑案，一樣可以進行偵查。」

「我是這麼認為，這怎麼了嗎？」

「你真的認為即使不設搜查本部,也可以做到和搜查本部同等的偵查嗎？」

「警車上都有無線電和PDA，只要充分運用，並非不可能。」

「凶殺案也一樣嗎？」

「雖然做得到，但應該需要通訊指令中心的全面支援。」

「得先掌控通訊指令官才行嗎……？」

「但我也知道，這有很大一部分是理想論。考慮到現狀，除非有重大的理由，否則還是成立搜查本部比較好吧。在重大刑案的偵查中，也需要人海戰術。」

伊丹在電話另一頭發出低吟聲。

龍崎看向時鐘說道。

「你在遲疑什麼？有什麼無法成立搜查本部的理由嗎？」

「遇害死者的身分查出來了。是外務省的職員，中南美局南美課的人。」

「外務省職員……？」

「成立搜查本部是沒問題，但公安可能會出面干預。有可能演變成公安部與刑事部互相角力的狀況。」

「你想要怎麼處理？」

「我不想讓公安主導。因為有可能重蹈奧姆真理教事件和國松長官狙擊事件的覆轍。」（註：一九九五年三月二十日，發生奧姆眞理教所發動的地下鐵沙林毒氣事件，十天後國松孝次警察廳長官從自家出門上班時，遭到埋伏的蒙面男子槍擊，差點重傷不治。此案直至今仍未破案。警視廳公安部認爲狙擊案是奧姆教團所爲，但刑事部認爲是強盜殺人案，兩者偵查方針對立）

「那把公安推到一邊去就行了。」

「你說得倒簡單。」

「因為與我無關啊。」

「遇害的是外務省職員的話，也得設想應該如何應付媒體。」

「當然了。」

調到大森署擔任署長前，龍崎是警察廳長官官房（註：官房爲日本於內閣府、省設置的機關之一，負責機密、文書、人事等事務。廳的首長爲長官，故設置於廳的稱爲「長官官房」。官房的概念源自於德國絕對君主制時代，君主重臣辦公的小房間）總務課的課長。媒體公關也曾是他的工作。

用不著伊丹提點，這些他也都明白。

「告知媒體的資訊，我會控制在最小，即使公安出面干預，我也想要由刑事主導進行偵查。但如果設置大規模的搜查本部，會引來媒體關注，公安也會大張旗鼓地跑來吧。」

「那就不要設置大規模的搜查本部。」

「但你剛才不是說，依現狀來看，最好設置搜查本部嗎？」

「不是大規模，設小規模的搜查本部就好了。一般的話，會是調查員五十到一百名規模的搜查本部吧。」

「遇害的是外務省官員，差不多要是這樣的規模吧。」

「成立約二十名調查員規模的搜查本部就好。如此一來，參加搜查本部的公安調查員的人數必然要跟著減少，媒體也不會關注。人力不夠的話，需要時再向相關方面本部或轄區請求支援就好了。」

「調查員之間的情資共享怎麼辦？」

「這年頭，開會沒必要所有的人齊聚一堂。只要有電腦，就可以線上開會。調查員應該都有電腦。」

伊丹沉默了半晌。應該是在思考龍崎的話吧。

「我知道了。我會朝這個方向思考。」

龍崎掛了電話。

真是，堂堂刑事部長，怎麼會為這種事猶豫不決？

龍崎這麼想著，離開座位。

說來，和區長懇談，應該穿制服去嗎？還是西裝就行了？

龍崎考慮了一下，決定穿制服。他覺得區長會希望他這麼穿。

坐公務車到區公所。區長的辦公室比龍崎的署長室還要豪華許多。區長、副區長以及區長室長三人迎接龍崎。

區長笑臉迎人地說道。

「感謝署長百忙之中撥冗前來。」

然而龍崎卻笑也不笑。

「我想我們彼此都很忙，有什麼意見，請直陳無妨。」

區長的笑容瞬間僵了一下，但依然滿臉堆笑。

「關於區內的治安改善問題，我們想要和署長交換一下意見……」

「這只要讀一下警察的新聞宣導應該就知道了……」

區長室長的表情垮了下來。

或許他是認為龍崎這種態度對區長太無禮了。

對區長室長來說，區長就是他的主子，他當然會顧慮到區長的感受，所以才會對龍崎的態度不滿。

區長室長應該希望龍崎能以和他相同的恭敬態度對待區長，但龍崎沒有這麼做的義務。

談完必要的事，結束，早早打道回府。不多廢話，這樣才能節省時間，對區長也比較方便才對。

區長開口：「大田區在東京都二十三區當中，面積最大，而且擁有羽田機場等重要設施。關於這部分的治安維護工作，署長有何看法？」

「我們會視情況全力以赴。」

區長一臉怔愣。

「呃……就只有這樣？不能請署長提出具體方針嗎？」

「我只能這麼說。如果發生狀況，警方會盡全力去處理。」

「這一點我理解，可是……」

「區長的問題是，想知道我對治安維護工作的看法。這個問題並不具體，因此我也無法做出具體的回答。」

區長、副區長和區長室長三人面面相覷。

區長捲土重來似地再度開口：「那麼，我就問得具體一些。高齡化日趨嚴重，我們大田區也無法例外，這對產業和經濟的影響不可謂不大。警方對於高齡者增加，有什麼對策嗎？」

「產業和經濟的停滯，有可能造成治安惡化。說得極端一點，會逐漸淪為貧民區。但這是結構的問題，不是警方能夠解決的。」

「警方不能解決……？」區長一臉驚訝地說。「署長說得可真直接。」

「對於治安惡化，警察能夠做的，就只有對症療法。即使能夠緩和症狀，也無法除去病灶。除根去病，是政治人物、政府和地方公共團體的職責。我們警方僅能協助其中一部分而已。」

區長和副區長相視苦笑。

「看來我被鞭策了呢。」

副區長發言。

「署長剛才說對症療法，具體來說是哪些做法？」

「地域課的話，是徹底進行家戶訪查。我們署人力也有限，因此也考慮積極與民間的保全公司合作。」

「哦……？」副區長一臉意外。「我還以為警方把民間的保全公司視為眼中釘……像是因為認為如果一般民眾貿然跑到犯罪現場，有可能造成更進一步的傷害之類……」

「過去是有這樣的傾向。說到保全公司，也是形形色色。其中有些地方是靠黑道撐腰，龍蛇混雜。但也有許多保全公司有退休警察擔任幹部，只要與他們合作，對改善治安應該會很有幫助。」

區長點點頭。

「有道理……」

「說到高齡長輩的問題，交通課的角色也會愈來愈重要。對於高齡駕駛，往後必須充分注意。此外，為了保障高齡者行人的安全，我認為也有必要提高交通課整體的意識。」

「很好。」

「至於犯罪受害，除了日常的犯罪預防外，也有必要對電話詐騙、退稅詐騙等詐騙手法提高警覺，做出應變。關於這部分，不只是大森署，警視廳整體都在努力推動。」

聽著龍崎說明，區長的表情愈來愈滿意。

簡而言之，講什麼內容根本不是重點——龍崎心想。

自己所提到的都是非常普通的泛泛之說。是公關室的人也能說出的一整套內容。就像齋藤警務課長說的，重要的似乎是署長親自說明。換句話說，這就像是一場拜會應酬。

「聽到署長的話，我覺得很放心。」

區長說。如果這是他的真心話，問題就大了。身為首都行政區的負責人，應該針對具體的案例做出更深入的提問才對。

「關於大田區所面臨的高齡化等問題，以及往後的開發方針，我有點話想說。」龍崎說。

「請說。」

「一直以來，開發以及再開發案，都是朝增加公寓等集合住宅的方向推進，結果這造成了地域社會的人際關係日漸疏離的狀況。地域社會實質上日漸消滅，已經讓治安工作難以執行。地域課人員在進行家戶訪查時，會挨家挨戶拜訪。在鄉間地方，有時一戶人家住著好幾代，也容易掌握情況。但是在都市地區的公寓社區，就難以掌握其中的住戶了。大門是自動鎖的公寓愈來愈多，員警愈來愈難直接見到住戶。都市型犯罪的增加，是由於人們破壞了地域社會、增建集合住宅導致的結果，也使得現在警方為了都市型犯罪的增加而疲於奔命。往後區在推行開發案時，希望能充分考慮到這一點。」

區長露出這場會談開始後最為嚴肅的表情。

「署長提到的地域社會的問題，我也深有同感。但社會趨勢並不是那麼容易改變的。擁有透天厝的人，考慮到遺產稅和退休後的生活，都傾向於改建成公寓。對於稅金和老後的年金等問題，區是無從置喙的。」

「若是真心想要保留地域社會，應該有什麼方法才對。」

區長點點頭。

「我會把它視為往後的課題，銘記在心。今天的談話很有助益。很感謝署長過來。」

「我不認為這有什麼助益。」

聽到龍崎這話，三人又瞪圓了眼睛。區長室長更是驚慌失措地問道。

「署長這話是什麼意思？」

「我和區長交談的內容，都只是在確認非常一般的事實。地域社會的重要性，每個人都清楚。儘管如此，在東京，地域社會卻不斷地崩壞。這是為什麼？該怎麼做才好？我們完全沒有討論到具體做法。」

區長一臉嚴肅，陷入沉思。

「我要以警察署長的身分提出請求。如果區長希望警方做好治安工作，最起碼請先設法讓居民配合地域課員警的家戶訪查工作。」

「署長的要求我們理解了。」區長說。「其實我也想要請教署長提到的各項詳細內容。」

龍崎點點頭。

「那麼，往後遇到需要針對個別案例進行討論的情況，請隨時找我。」
「我很期待。」
區長這麼說，因此區長室長似乎也無法抗議什麼。
龍崎起身，行禮後離開區長室。

回到署裡，繼續處理公文。今天的公文連一半都還沒有解決。
齋藤警務課長過來說：「署長回來得真快。」
「東拉西扯也沒有意義。對方主動結束會談了。」
「真的嗎？真難得。」
「倒是緊急部署狀況怎麼樣了？」
「已經解除了。撲了個空。肇逃車輛依然在逃。」
「緊急部署沒有攔到肇逃車輛？」
龍崎有點意外。
「目前交通課等單位正在追捕。」

「知道車號嗎？」

「這些細節我不太清楚……」

「交通課長能過來的話，請他過來一趟。」

「好的。」

齋藤警務課長還是不肯使用署長室的電話。這也是沒辦法的事，回自己座位打電話顯然比較順手。

齋藤警務課長離開署長室，約三分鐘後，篠崎豐交通課長過來了。篠崎體型肥胖，皮膚曬得黝黑，與龍崎同齡，階級是警部。

「聽說肇逃犯還在逃？」

「太慚愧了。」

「緊急部署沒有攔到，是怎麼回事？」

「不清楚。總之車輛沒有被任何一處臨檢站攔到，地域課也沒有連絡。」

「車號呢？」

「沒有目擊情報。」

「發生肇逃事故的地點是大馬路吧？而且是大白天，怎麼會沒有人看到車號？」

「現場鄰近十字路口，肇事車輛撞人之後，似乎立刻拐過十字路口跑了。因此目擊車禍的人，也來不及看到車號。」

「不知道車號，就無法使用自動車牌辨識系統了……」

交通課長臉色大變。

「如果請本廳使用車牌辨識系統，又要引起一陣風波。車牌辨識系統是否有違法疑慮，到現在社會仍在議論紛紛，本廳似乎也把它當成重大案件的最後王牌……」

「沒必要在乎社會輿論怎麼說。能利用的工具，什麼都該拿來利用。」

「是……」

「目擊者當中，一定有人記得車牌號碼。找出來。」

「是。」

篠崎課長一定覺得這話是多餘的。但身為上司，必須明確下達指示才行。

「現在狀況如何？」

「正在和本廳的交通搜查課合作追查。」

「指揮權在哪邊？」

「因為本廳出面，所以……」

「是交通搜查課主導嗎？」

「是的。」

這樣也無妨。肇逃案雖然是交通事故，但幾乎都視同為搶劫殺人案處理。搜查本部一旦成立，警視廳搜查一課就會掌握主導權，就跟這是同樣的道理。交通搜查課掌握主導權的話，表示受害者不是重傷就是死亡了吧。

「受害者呢？」龍崎問。

「很遺憾，已經死亡了。死者六十二歲，男性，沒有工作。」

靠年金生活的老人嗎……？

龍崎想起和區長的談話。才剛說會會督促交通課呼籲高齡者行人要充分小心留意。

但既然事情已經發生，也沒辦法。不是計較面子問題的時候。龍崎把全副注意力都放在盡快逮捕肇逃犯上。

「好。偵查進度隨時向我回報。」

「是。」

篠崎課長剛離開署長室，龍崎的手機立刻震動起來。

是妻子冴子打來的。除非有什麼重大情況，否則妻子不會在工作中打電話給龍崎。她很清楚警察官的工作性質。

「怎麼了？」

「抱歉打擾你工作了。」

「出了什麼事嗎？」

「你沒看新聞嗎？」

「什麼新聞？」

「哈薩克發生墜機事故。」

「哈薩克……？」

龍崎瞬間無法理解妻子在說什麼。她打電話來做什麼？

「你知道忠典外派到哈薩克的事吧？」

龍崎總算瞭解狀況了。三村忠典是龍崎以前的上司的兒子，似乎正在和女兒美紀交往。

龍崎聽說他在貿易公司上班，外派到哈薩克去。

「這跟墜機有什麼關係嗎？」

「美紀說，忠典可能在那班飛機上……」

瞬間，龍崎啞然無語。

3

「告訴我詳情。」

龍崎抓起筆記紙放到打開的公文上，對電話另一頭的冴子說。

「美紀好像都會和外派哈薩克的忠典透過電郵連絡。她說忠典告訴她，要搭乘阿斯塔納起飛的班機去莫斯科洽公，然後網路新聞說墜機的就是那班飛機。」

龍崎在便條紙寫下「阿斯塔納起飛、前往莫斯科」。

「然後呢……？」

「現在只知道這些……」

「確定忠典就在那班墜機的飛機上？」

「好像還沒有確實的消息。」

龍崎做了個深呼吸。

「先冷靜下來。還不確定忠典就在那班飛機上。我知道你們很擔心他的安危，但為了不確實的消息驚慌失措也沒用。」

「你有沒有什麼門路可以打聽消息？」

「只能等外務省宣布吧。」

「不能去打聽一下嗎？」

「外務省也忙著處理，一有消息，應該就會公布。」

「我知道，可是……」

「你也這樣轉達美紀。還不清楚忠典是不是真的在那班飛機上，叫她冷靜下來等消息。就這麼辦吧……」

「你可以跟她說嗎？」

「為什麼要我說……？」

「這種時候父親比較可靠。」

「不管由誰來說，事實都不會改變。」

「問題不在這裡。」

龍崎不打算為此和妻子爭辯。

「好，我打電話給她。」

「抱歉打擾你工作了。」

「嗯，就先這樣。」

龍崎掛了電話。

他認為在打電話給美紀前，有必要先調查一下相關事實。他打開電視，轉到NHK台。接著上網進入入口網站，點進新聞網頁。

確實有阿斯塔納起飛、前往莫斯科的班機剛起飛就墜機的新聞。

阿斯塔納是哈薩克的首都。班機是全祿航空，俄羅斯的航空公司。

乘客人數、乘客及機組員的生死、是否有日本旅客，都完全沒有消息。

龍崎望向電視。NHK在播報一般節目，也沒有新聞快報。

發生在遙遠國度的外國航空公司的墜機意外，對NHK來說，並沒有製作特別節目報導的新聞價值吧。

龍崎用手機打給美紀。

響了五聲後，美紀接起電話說道。

「爸……」

「我聽你媽說了。你知道什麼，都告訴我。」

「應該是三天前的電郵，忠典說要搭今天全祿航空的班機從阿斯塔納去莫斯科。」

「就只有這樣？」這點資訊也太模糊了。美紀只因為這樣就大驚小怪？

「我明白你的擔心，但忠典不一定就在失事的班機上。」

話筒傳來美紀煩躁的聲音。

「可是全祿航空一天只有一班從阿斯塔納到莫斯科的班機啊！」

原來是這麼回事？

「確定他是搭今天的班機？」

「之前他說是這麼預定。」

「我剛才看了一遍網路新聞，還沒有任何詳細的報導。只知道好像有飛機失事。」

「距離起飛已經過了很久了，卻沒有任何消息，我都不知道該怎麼辦才好了……」

「起飛時間是幾點？」

「當地時間早上六點二十五分。哈薩克和東京的時差是三小時，所以是日本時間九點二十五分。」

龍崎看看時鐘。

已經快下午三點了。過了五小時半，卻沒有接到更進一步的消息嗎？

想來，外務省應該已經收到某些通知了。但只有確定的消息才會公布。需要時間確認。

龍崎也有經驗。官方不可能向媒體公布未經查證的訊息，務求萬全是可以理解的。但這應該也造成了公家機關辦事拖沓的弊害。

官員不信任民間消息。哈薩克應該也有忠典任職的貿易公司分行。他聽說過，哈薩克也有和日本合辦的核電廠相關公司。從這些地方應該也可以得到消息，但外務省不會把這類管道得到的資訊視為正式情報。

政府要發布官方訊息時，會核對這類非官方資訊，但民間的消息完全只是參考資料。

因為萬一公告內容有誤，政府可不想扛責。這就是官僚作風。

如果是來自外國的官方公告，就可以把責任推到公告的國家身上。

龍崎問美紀：「你問過忠典的公司了嗎？」

「當地的分公司好像也還沒有掌握狀況。」

日本人對舊蘇聯的國家，到現在依然有種心理上的隔閡。或許這也是無法順利蒐集到資訊的理由之一。

「總之，在得到確實的消息之前，不可以貿然行動，好嗎？」

「好。」

那語氣分明一點都不好。

兩個搞不清楚狀況的人在電話裡討論也沒用，龍崎決定結束通話。

「有什麼消息，隨時打給我。」

「好。」

龍崎掛了電話。

雖然必須批閱的公文還剩下一大堆，但他無心處理。

外務省嗎……？

以前待在警察廳時，他認識幾個外務省官員。有辦法從那些人口中打聽出什麼嗎？

原本不應該做這種事的。這不僅會給對方添麻煩，而且如果部門不同，對墜機事故應該也一無所知。

而且還有東大井二丁目的命案。

遇害死者是外務省職員，這件事已經在外務省內部傳開了嗎？若是如此，即使鬧得沸沸揚揚也不奇怪。

但考慮到美紀的心情，龍崎非得找關係不可。

龍崎取出名片簿，尋找外務省的熟人。

我到底在做什麼？龍崎翻著名片簿，如此自問。

與其搞這些，我更應該以警察工作為優先才對。儘管這麼想，他卻實在無心繼續處理公文。

找到外務省的名片。很舊了。名片的主人隸屬於亞洲大洋洲局，現在或許已經調到別的單位。

龍崎決定先打電話再說。

撥打代表號，傳來錄音回應。按下內線號碼，電話接通了。

「您好，亞洲大洋洲局。」

「我是警視廳大森署的龍崎，我想找內山昭之先生……」

「這裡沒有姓內山的職員。」

「我是看很久以前的名片打電話的。他可能調到別的地方了，可以麻煩幫我查一下嗎？」

「請告訴我連絡方式，我查一下再回電。」

語氣意興闌珊。要是在這時候掛電話，對方不曉得何年何月才會回電。

這就是公家機關的辦事風格。

「我在線上等。」

對方頓了一下。厭煩的表情彷彿歷歷在目。

電話轉入保留，龍崎等了很久。正當他以為永遠不會接通時，話筒傳來別的聲音。

「您好，第三國際情報官室。」

「請問是內山先生嗎？」

「我就是……」

「我是警視廳大森署的龍崎。」

「警視廳……?」

「我現在是大森署署長,但以前在警察廳擔任長官官房的總務課長。」

「長官官房的總務課長……」

內山的聲音變得親近了一些。這是國家公務員之間才有的同胞意識。

「是的。我想應該是兩年前的事了,我們在交換外國人犯罪的資訊時見過面。」

「啊,我想起來了。」

龍崎打電話不是為了敍舊。他開門見山地說:「我女兒的好友在哈薩克工作,可能搭上了今早要前往莫斯科卻失事的全祿航空班機。」

「今早要前往莫斯科卻失事的班機……」

「聽說從阿斯塔納的機場起飛後不久就墜機了……」

「這不是我的管轄,所以我不清楚詳情……」

內山語氣困惑地說。外務省是個龐大的組織,而且每個人都很忙,對於職掌以外的事務應該毫無興趣。

「可以麻煩你設法問一下嗎？我沒有其他門路了。」

龍崎不抱希望地提出請求。

「好，我可以晚點再回電嗎？」內山說。

龍崎猶豫了。應該一樣在線上等嗎？但要向人打聽墜機事故的消息，或許需要不少時間。

「麻煩你了。」

龍崎報出大森署的電話和手機號碼，掛了電話。

聽到警視廳，內山也沒有特別好奇的樣子。東大井二丁目發現的遺體是外務省職員一事，似乎尚未傳遍省內。

雖然尚未召開記者會，但應該已經連絡了死者任職的部門，進行確認。

看來組織大到像外務省這樣，就真的很難得知其他部門發生了什麼事吧。

對於墜機事故，現在能做的事都做了。龍崎如此判斷，繼續處理公文。

內山一直沒有回電。只需要告知目前掌握的事實就行了，雖然絕不能說是小菜一碟，但應該也不至於麻煩到哪裡吧？

龍崎估計只要有個十幾二十分鐘就夠了。然而半小時都過去了，卻無聲無息。

龍崎正準備再次打過去，笹岡初彥生活安全課長出現在門口。

「署長現在方便嗎？」

「什麼事？」

「出了一點狀況……」

笹岡課長年約五十，但體型乾瘦，看起來比實際年齡蒼老。應該是因為那頭白髮的關係。據說他年輕時候就有許多白髮。

「狀況……？」

「我們在追查毒品買賣的時候，撞上了厚勞省的緝毒部……」

這不是什麼罕見的情形。

關於毒品，警察的生活安全部及生活安全課當然都會取締，但厚勞省地方厚生局毒品查緝部——俗稱緝毒部，也會自行偵辦。

而且厚勞省的緝毒官也擁有司法警察員的權限，因此更為棘手。

緝毒官的監控辦案手法素來有名，為了揪出幕後黑手，或是查出走私買賣的途徑，他們會放任違法者自由行動，再跟蹤監視。

至於警方，則是以逮人為優先，因此經常和緝毒官發生衝突。

這是因為緝毒官徹底採取保密主義。此外，他們自負是中央厚勞省官員，認為地方警察單位的警視廳低他們一等。

「具體說明。」

「最早是刑事課在警戒黑道組織衝突時發現的，雙方衝突的原因，似乎是毒品買賣。」

「然後呢？」

「生安課從刑事課得到消息，進行祕密偵查，逮捕了毒販，結果遭到緝毒官強烈抗議。」

這下麻煩了。

外務省的職員遇害，現在厚勞省也不甘寂寞……？

「我也想聽聽刑事課長的說法。」

龍崎打內線叫來關本良治刑事課長。

刑事課長過來之前，龍崎繼續處理公文。這段期間，笹岡生安課長就無所事事地杵在那裡。

約五分鐘後，關本刑事課長來了，

關本向笹岡生安課長點了點頭，面對龍崎。

「署長找我？」

「聽說你們在辦黑道組織的案子時，發現毒品買賣情事……？」

關本一臉苦澀地點點頭。

「哦……緝毒官抗議那件事是嗎？最早是毒販之間的糾紛，然後保護傘出面，就快發展成幫派衝突。因為和毒品有關，所以我通知了笹岡課長……」

保護傘指的是在背後撐腰的勢力。

「我們的偵查沒有疏失吧？」

關本說：「不可能有疏失。」

笹岡也點點頭：「緝毒官的行動，我們完全沒有被知會。如果查到毒品買賣的事實，我們當然要偵辦逮捕。」

龍崎冷靜分析兩人的說法。他無可避免地想要支持兩名課長。但他認為也必須聽聽緝毒官的說法。

「那，緝毒官還繼續在強烈抗議嗎？」

「今天下午緝毒官打電話來，叫我們去緝毒部。」不愧是厚勞省，不是親自過來，而是把人叫去。

「別理他們。」

龍崎這麼說，笹岡露出驚愕萬分的表情。

「可是，這樣的話……」

「我們的偵查沒有疏失。對方應該只是想要表達他們的偵查行動被我們妨礙了，但是就像生安課長說的，發現轄內有毒品買賣的情事，我們當然要進行偵辦。緝毒官應該也可以輕易預料到這種情形。沒有事前知會，是他們自己不好。」

「呃，是這樣沒錯，可是……」

「你們盡了應盡的責任，大可以抬頭挺胸。有什麼意見，緝毒官自己過來就行了。」

「這樣就行了嗎？」

「沒錯。這件事就這樣了。」

笹岡課長似乎還有話想說，但他終究沒有再開口，看了關本刑事課長一眼後，行禮離開署長室了。

龍崎繼續蓋印章，但刑事課長卻沒有要離開的樣子。

「還有什麼事嗎？」

「署長知道這陣子連續發生的可疑火災嗎？」

龍崎皺起眉頭。他有印象讀到這樣的報告。

「是縱火嗎？」

「我們如此認為。」

「我不是交代過，這種事要口頭報告？」

「我這就報告了。」關本也不服輸。

「你說連續可疑火災？」

「是的。目前都沒有演變成大火災，還是小火就被撲滅了……」

「連續發生了幾起？」

「四起。都是在垃圾場，但因為靠近民宅，總有一天可能會釀成大禍。」

「偵查有進展嗎？」

「本來是重案組負責，但他們被本廳交通搜查課召集了……」

「交通搜查課……是肇逃案嗎？」

「是的。因為是有些惡質的肇逃案，所以交通搜查課要求重案組也加入追捕……」

「那你想要怎麼做？」

「縱火犯必須盡快抓到。現在這個季節，火勢延燒得很快，不一定每一次都能以小火收場。」

「肇逃案的搜查負責人是誰？」

「本廳的交通搜查課長。」

龍崎點點頭。

「我知道了，我去跟對方說。」

「拜託署長了。」

關本離開署長室。

看看時鐘。三點四十五分。

外務省的內山還沒有回電。

問題接踵而來。何者優先，不言自明。龍崎找來齋藤警務課長。他立刻過來了。

「查一下本廳的交通搜查課長人在哪裡，我想跟他談談。」

「好的。」

齋藤一離開，電話立刻就響了。

是內山回電了。

4

「您詢問的失事的全祿航空班機，目前並未接到有日本人乘客的資訊。」

「確定嗎？」

「這不好說。航空公司公布乘客名單了，但不能保證完全正確。」

「但國際航班的話，搭機時不是都要檢查護照嗎？」

「有時候名單會有疏漏。負責人正在進行確認。至今還連絡不上令嫒的朋友嗎？」

「我沒有接到通知，應該是還沒有連絡上。」

「也請署長那邊確認一下。」

「好的，這是當然。」

感覺問不出更多事了。龍崎如此判斷，道謝準備掛電話。

結果內山開口了。

「我有點事想請教一下……」

「什麼事？」

「聽說東大井發現了一具遺體？」

來了嗎？

龍崎心想。他早就認為內山遲早會得到消息。

「是的。」

「聽說死者是我們職員。」

「我是這麼聽說。」

「是他殺嗎？」

「偵查不公開。」

「我也是好不容易才打聽到墜機事故的情報的。」

好不容易——才打聽到「沒有日本人乘客」這點程度的情報嗎？

龍崎心裡嘀咕，但沒有說出口。

「這事遲早會公開，所以透露是無妨，我聽說是他殺。」

「知道詳細狀況嗎？」

「只知道是被人持刀殺害。然而畢竟這不是我們轄區的案子……」

「可以請署長深入打聽一下嗎？」

「內山先生想知道什麼？」

「什麼都想知道。」

「您認識死者嗎？」

「並不直接認識，只是……」

內山支吾其詞。彼此刺探的感覺讓龍崎感到不耐煩。雙方都想守住自己的祕密，又想從對方口中問出情報。

「只是什麼？」

「不，沒事。總之，同一個機關的人慘遭橫禍，很讓人震驚。不管是任何細節，我都想知道。」

「我想也是。」龍崎不想讓電話就此結束。「死者是在什麼單位任職？」

他已經從伊丹那裡聽說了，但為了確認，想要再問一下。

內山沉默了。也許他在評估是否可以說出來。片刻後他才說道。

「警方已經查到了吧？」

「因為不是我們署的案子，我幾乎都不清楚。」

「他是中南美局南美課的人。」

「南美課……」

龍崎感到腦中隱約響起警鐘。理由不明，但有什麼讓他耿耿於懷。

「沒錯。」

「這樣啊……」龍崎以換個話題的口吻說。「外務省裡面，有許多部門名稱都很冷僻呢。」

「我倒覺得沒有警方機關那麼複雜。」

「嗯，彼此都是公家機關嘛……那，內山先生是什麼時候調過去那裡的？」

「大概一年前。」

「您現在任職的第三國際情報官室，是什麼樣的單位？」

「主要是針對東亞、東南亞和大洋洲，蒐集、分析和調查相關情報。」

光是這樣說，未免太抽象了。但感覺即使追問，對方也不會再透露更多。

龍崎從內山謹慎的語氣如此判斷。

再向別人打聽就行了。

「謝謝您特地回電。」

「哪裡……您一定很擔心。我能理解。」

「謝謝。」

「那麼，命案那邊，還請警方多多費心。我會再連絡。」

電話掛斷了。

打草驚蛇了嗎？龍崎放下話筒心想。不愧是外交官員，即使失足，也絕不平白跌倒，一定要撈點好處再爬起來。

應該把剛從內山那裡得到的消息告訴美紀嗎？沒收到有日本乘客在機上的消息。如果得知這件事，美紀或許會稍微安心一些。

但內山也說消息尚不確實。有可能會讓美紀空歡喜一場。

龍崎正自尋思，這時齋藤帶著一名陌生男子回來了。

「這位是交通搜查課的土門課長。」

「我是土門欽一。」

交通搜查課長的外貌比起交通部警察，顯然更接近刑警。他一身便服，體型結實，摻著白絲的頭髮理成運動員的小平頭。

龍崎見狀，立刻對齋藤課長說：「我是要你告訴我他在哪裡。我原本打算過去拜訪的。」

沒想到土門居然代替齋藤答道。

「不不不，署長的作風，我早有耳聞。您是警視長，從階級來看，也是我過來拜訪，才合乎禮數。」

外表粗獷，說起話來卻頗輕浮。這種警察官不能輕忽大意。

龍崎有許多問題必須思考。公文也還沒處理好。他單刀直入地說。

「聽說肇逃案，您不光是我們署的交通課，還打算調動我們的刑事課重案組……？」

土門皺起眉頭說：「這是非常惡質的案子。完全沒有煞車痕。而且撞人之後，立刻拐過十字路口跑了，到現在都還沒逮到……這也有可能是故意的。」

「故意……？」

「有可能是蓄意殺人……如此一來，請重案組協助，也是天經地義的事吧？」

合情合理。

「現在我們轄內不明火災頻傳，縱火的嫌疑極大。課長也知道，縱火是重罪。重案組想要全力緝查這個案子。」

「這樣啊……這下為難了吶……」

口氣並不怎麼為難。

「因此現在我想盡量避免我們署的重案組人力分散。希望只派出交通課處理這件事。」

「咦，這實在不像是龍崎署長會說的話。」

「什麼意思？我們應該是第一次見面，課長只是憑傳聞在評斷我而已。」

「我是在說署長過去的實績。我以為這種情況，龍崎署長一定能找出解決之道……」

表面上是戴高帽，實際上卻是在施加壓力。要求龍崎找出解決之道——就是這個意思。

龍崎搖頭，說道：「我沒有其他解決方案。我們重案組無法撥出人力，只能派出交通課處理。」

土門似在沉思。不管他在想什麼，龍崎的決定都不會改變。

生安課和緝毒官之間的對立讓龍崎憂心。而且他也想打電話給美紀。

土門開口：「那麼，這麼辦好了。我們從搜查一課派調查員過來，偵辦不明火災的案子。這樣一來，重案組就能專心偵辦肇逃案了。」

龍崎大吃一驚。

「派搜查一課……？這太荒唐了。與其這麼做，讓搜查一課去調查肇逃案還比較合理。」

土門搖頭。

「我們需要熟悉當地的調查員，這必須依靠轄區的力量。」

「需要人帶路嗎？但交通課應該已經在協助了……」

「我們需要的是熟悉當地的『調查員』。」土門強調「調查員」三個字說。

「需要會偵辦刑案，又熟悉這個地方的人員。」

「難道你認為本廳搜查一課的調查員，會願意乖乖聽從轄區刑事課長的指揮嗎？」

「讓他們聽話，是龍崎署長的職責吧？」

「我不會干涉第一線的做法。我的角色是讓署員在第一線更容易做事。」

「這話矛盾了。」

「矛盾？」

「有時候必須出面干涉，才能打造出讓署員容易做事的環境。我認為像這次就是。」

看來這個姓土門的警官不好對付。

「只要不把重案組的人調去查肇逃案，一切都好辦。如果需要熟悉當地的人，交通課更適合。若是需要有偵查能力的人，你們自己指揮搜查一課的調查員就行了。這樣應該就能滿足您全部的要求。」

土門想了一下，很快地回道。

「我的要求完全是希望大森署派出重案組人員來辦肇逃案……總之署長的話我明白了。今天我就先回去了。但萬一這起車禍其實是命案，成立搜查本部的話，署長就無法逃避了。」

龍崎回應：「到時我會再考慮。」

「很好。那麼我告辭了。」

土門離開署長室。齋藤先去送土門，很快就回來了。

「不愧是署長。」

「什麼意思？」

「感謝您回絕了土門課長的要求。」

「我只是理所當然地說明了天經地義的事。」

「是……」

齋藤露出笑容。

「有什麼好笑的？」

「我第一次看到署長屈居下風。那個土門課長是個狠角色呢。」
龍崎沒有應話，繼續處理公文。齋藤笑著離開署長室。
處理完幾份公文，龍崎取出手機，準備打給美紀。
這時內線響了。是笹岡生安課長。
「緝毒官打電話來了。」
龍崎感到一陣吃不消。
「他打來做什麼？」
「問我們為什麼沒有立刻過去緝毒部……」
「他還在線上嗎？」
「是的。」
「轉過來。」
「麻煩署長了。」
龍崎接起外線。
「我是署長龍崎。」

「署長？我在跟生安課長講話。」

「換我來聽。」

「很好。那你現在立刻給我到地方厚生局的毒品查緝部來。也帶上生安課長。」

「我認為我們沒有必要過去。」

「什麼？我叫你們過來，就馬上給我過來！」

「有什麼事，電話裡說就行了。」

「你開什麼玩笑？聽著，我是給你們面子，把事情壓在轄區解決。要不然，我也可以打給本廳的生安部長。」

「如果要打給生安部長，不必逐一跟我報告。」

對方瞬間語塞。

「你說你是署長？到時候真的被生安部長找去，你就不要哭哭啼啼！」

緝毒官都這麼沒品嗎？

龍崎聽著電話心想。雖然是厚勞省的職員，但在第一線參與犯罪偵查的話，或許無可避免會沾染道上氣息。

「如果您要和生安部長談，那樣應該比較快。恕我掛電話了。」

「你是在瞧不起我嗎？你聽好，你們的署員差點就毀了重大毒品走私案的偵查！」

「那太好了。」

「什麼？」

「我還以為已經毀了，但既然您說『差點』，表示並非無可挽回呢。」

「少在那裡強詞奪理！警察低水準的偵查，真的會把我們給氣死！」

龍崎一手把玩著手機。這些話用不著認真聽。

「那麼，為什麼我們非過去不可？」

「你有沒有腦啊？當然是要把你們狠刮一頓啊！」

「如果您是要詳細說明貴單位的偵查方針，和我們商量後的做法，我也可以考慮過去。」

「沒必要跟你們說明，我只是不想要你們在我們周圍礙眼。」

「這是不可能的事。」

「不可能？」

「你們緝毒官和我們警察不同，進行的是相當高等的偵查，對吧？我們這些低水準的警察，無從知道各位在進行什麼樣的偵查行動。」

對方低吼起來。

「你說你是署長？再講一次名字。」

「龍崎。您貴姓？」

「我沒必要跟小警署報名。」

「哦……？原來厚勞省這麼偉大？」

「廢話，我們可是舊內務省。」（註：內務省爲日本二次大戰前的中央行政機關，掌管警察、地方行政、土木工程、衛生等內務行政，是權力最大的機關）

這是無謂的自尊。龍崎開始懶得跟對方周旋了。他在手機的連絡人名單裡尋找美紀的手機號碼。

「我在這裡等著，馬上給我過來。」

「不知道您的大名，就算去了地方厚生局，也不知道要找哪位。」
「你準備要過來是吧？」
「我是在請教您的大名。」
「矢島。矢島滋。箭矢的矢，島根縣的島，滋是滋補的滋。」
「好的。但我並無意過去拜訪。我們的偵查工作沒有任何疏失，沒道理接受抗議。」
矢島沉默了片刻。或許是氣到說不出話來了。不管怎麼樣，無論矢島在想什麼，都不關龍崎的事。
「好。」矢島說。「你不過來，那我過去。」
又要浪費寶貴的時間了。但即使龍崎叫他不要來，他一定還是會找上門。
「悉聽尊便。」
「我馬上過去，給我等著！」
毒品查緝部以前在中目黑，但現在在九段的聯合辦公大樓裡。從九段到大森署，開車大概三十分鐘吧。

電話掛斷了。

龍崎發現笹岡生安課長站在門口。他放下話筒，笹岡課長立刻開口。

「怎麼樣了？」

是擔心而過來看情況吧。

「對方說要過來。」

「對不起。」

龍崎看向笹岡課長。

「有什麼好道歉的？你不是說我們的偵查沒有疏失？」

「是的，沒有疏失，但我當然應該要注意緝毒官的動向的。」

「要是對方要求配合，那另當別論，但他們事前完全沒有知會吧？」

「完全沒有。」

「那你用不著道歉。」

「是……」

「我想要打通私人電話，方便嗎？」

「是，我告退了。」

笹岡課長離開後，龍崎用手機打給美紀。

「爸……」

「還是連絡不上忠典嗎？」

「電郵和電話都沒有回應。」

「這樣。爸打給外務省認識的人了。」

「知道什麼了嗎？」

「這消息還不確定，但他說失事的飛機在記錄上沒有日本乘客。」

「真的嗎？」

「消息尚不確實，但有希望。」

「是啊。」

「一有消息，我會再打給你。」

「謝謝爸。」

龍崎掛了電話。

二十分鐘後，齋藤課長前來通知。

「毒品查緝部的矢島先生來訪……」

龍崎嘆了口氣。

「請他過來。」

5

毒品查緝官矢島滋看上去不像日本人。冷酷的國字臉，讓龍崎覺得有點像以前活躍的某個南美知名足球選手。

年紀應是四十出頭。時髦地穿著灰色西裝，但站在日本人的基準，那身穿著讓人看了悶熱，不是很舒服。

矢島一進入署長室，便徑直走到龍崎的辦公桌前。一站就是和龍崎面對面的位置。

龍崎沒有起身。眼前是必須處理的公文。

「你明白這代表什麼吧？」

矢島瞪著龍崎說。

「代表什麼？我不懂您的意思……」

「我特地親自來到警視廳轄下的警署，意味著什麼。」

「我不認為這有什麼意義。只是您有什麼話想說吧？」

「沒錯，我有一堆話想說。」

「請說。」

龍崎拿起署長章，在公文捺下，打開下一份檔案。

「你那是聽人說話的態度嗎？」

「請不用擔心，您說的內容我完全可以掌握。」

「少胡鬧了！」

「我並沒有胡鬧。我也有許多公務在身……」

「你們這些警視廳的，簡直是狗眼看人低……」

「要這麼想是您的自由，但我只是在做我份內的工作而已。」

矢島再瞪了龍崎一眼，環顧署長室，在圍繞桌旁的椅子其中一把大馬金刀地坐下來。

真希望他快點離開，但看來天不從人願——矢島的舉動讓龍崎這麼想。

「我們處理的，每一起都是大案子。為了破案，我們必須繃緊神經，長時間祕密偵查。有時候還得進行臥底偵查。雖然沒有公開，但也有些調查員臥底之後，一去不回。」

龍崎一面聽著，一面繼續處理公文。

這並不是什麼值得驚訝的事。

「警察也是一樣的。」

「你們這些警察，不同的縣警有自己的地盤，底下的轄區警署又有自己的地盤。你們只看得到那些被切割得零碎的小地盤，地盤裡一有什麼風吹草動，就猴急地撲上去，不經思考地抓走我們準備放長線釣大魚的毒販。就像看到肉塊的狗一樣……」

「我清楚角色分配的重要性。確實，管轄切割得太細，並非沒有弊害。

但警方也有足以彌補的體制。」

「哼，那只是說好聽的。警察都是短視近利。」

「犯罪就發生在眼前，這是沒辦法的事。如果警察無視眼前的犯罪，日本就要變成無法地帶了。」

「少在那裡強詞奪理。」

「這不是強詞奪理，是事實。」

「我的意思是，警方不經大腦的魯莽偵查，給我們造成麻煩了！」

「不經大腦的魯莽偵查……」龍崎放下印章。「這話不能置若罔聞。我們怎麼不經大腦、怎麼個魯莽法，請明確說明。」

「同樣的話要我說幾遍？我們緝查的都是大案子，所以有時候必須讓毒販、毒蟲和持有者繼續活動，因為他們可以把我們引到更上游。但警方會害我們這些努力毀於一旦。」

「逮捕罪犯是警方的職責。我也要重申，我們只是在盡應盡的職責罷了。」

「不要妨礙我們。下次敢再礙我們的好事，就算你們是警察，我們也不會手下留情。」

「要是妨礙公務，即使是緝毒官，警方也會照樣逮捕。」

「妨礙公務？」

這話似乎對矢島火上加油。他面紅耳赤，眼睛幾乎要噴火了。

「沒錯，妨礙公務執行，是不折不扣的犯罪。」

「跟我們的公務比起來，警察的公務根本就是個屁。要是敢動我們，厚勞省不會不吭聲。」

警察廳只不過是廳，比省級的厚勞省低了一階。

矢島是在說兩者地位高低不同，更何況，龍崎只不過是東京都轄下的警察署署長。

對矢島來說，或許是無足輕重的存在。

但事關犯罪偵查，與省廳的地位高低或組織大小無關。

「您的要求太不合理，我無法接受。」

矢島一臉驚愕地看著龍崎。那張臉漲得更紅了。

「我不是在要求，是在命令！」

「我沒有理由接受您的命令。兩者的命令系統完全不同。」

「誰在跟你講那個！總之這次的事，警察不要插手！」

龍崎嘆氣。

「或許就像您在電話裡說的，您應該去找生安部長談。這不是我能定奪的問題。」

矢島瞬間把話吞了回去，目不轉睛地看了龍崎一下才開口。

「你是在說，就算我去向生安部長報告你們這次的疏失也無所謂？」

「您當然可以報告無妨。因為我相信我們的偵查並沒有疏失。」

「想唬我，可沒那麼容易。」

「我有什麼理由非唬您不可？完全沒這個必要。我很忙，您應該也很忙。如果想解決問題，您應該去本廳找生安部長談。」

矢島似乎有些慌了。這讓龍崎感到奇妙。如果真心想要解決問題，就應該去找最管用的對象談才對。

這種情況，比起龍崎，生安部長顯然才是更適合的交涉對象，矢島有什麼必要驚慌？

「我也不是想要把事情鬧大。你們的調查員想要逮捕我們正在祕密偵查的毒販。我們花了大把時間，好不容易就快接觸到幕後黑手了，警方卻卯起來蒐集蜥蜴尾巴。」

「只要發現有買賣毒品情事，我們當然要偵查逮捕。不管那是蜥蜴尾巴還是什麼都一樣。」

矢島蹙眉。

「你為什麼就是不肯說一句『我們反省了，以後會小心』？這樣的話，我也自有想法。」

「因為我們沒必要反省。我們的偵查沒有疏失。若說有疏失，也是您的態度吧？」

「你說什麼……？」

「如果是在監控對象，就應該詳細知會警方才對。如此一來，我們也才有辦法留意。我們對你們的偵查狀況一無所悉，所以看到眼前有毒品買賣情事正在進行，或是有人持有毒品，就會當場抓人，否則就是怠忽職守。若是故意視而不見，甚至可能構成違法行為。」

矢島別開目光，似在沉思。龍崎不知道他在想什麼，也沒有興趣知道。

龍崎只希望他快點離開。

「毒品偵查是很敏感的。查出一名毒販，耐性十足地追查上游，然後循線挖出更上游的個人或是組織。稍有不慎，甚至可能要人命。」

「我剛才也說過了，警方的偵查也是一樣的。」

矢島搖頭。

「警察只是在偵訊室教訓在自己的轄區裡抓到的毒販罷了。只要那傢伙不吐出貨源，線索就這樣斷了。然後我們又失去了一個重要的情報來源。」

「就算是這樣，也不能對毒品買賣置之不理。」

「如果發生漏水，就必須關掉總開關。否則無法做出治本的解決。」

「修理漏水的地方也很重要。」

「我不是來跟你爭辯這些的。」

「我同意。這是沒有意義的對話。」

「換句話說，你拒絕配合我們？」

語氣和剛才有些不同了。壓迫感少了幾分，變成刺探般的口氣。

或許這意味著他試圖進行某些交涉。龍崎悄悄嘆了一口氣。

跟我交涉也沒用。快點去找警視廳的生安部長吧。

「我們會配合，但是有前提。」

「前提？」

「請您告知您口中的高等偵查的詳細內容。如果不知道詳細狀況，警方調查員也只能像您說的那樣，繼續蒐集蜥蜴尾巴。」

矢島搖頭。

「警方周圍隨時都有媒體，機密有洩漏的風險。我要重申，再小的疏失，我們的偵查都承受不起。萬一機密走漏給媒體，會讓許多緝毒官身陷危險。」

「但如果不分享情報，同樣的情形只會一再發生。然後每一次您都要把轄區的負責人叫去罵，或是像這樣跑來罵人。」

矢島陷入思考。

片刻後，他開口説道。

「我不能讓機密外洩。」

「要我們在毫不知情的情況下配合，也是強人所難。這叫我們從何配合起？叫警察不要盡責嗎？這完全説不過去。如果您要求毒品相關案件全部交給緝毒官去辦，您該交涉的對象就不是我，甚至不是生安部長。您應該去找警察廳長官或國家公安委員長談才對。」

「這怎麼可能？」

「您提出的要求，只有這種層級的人才能處理。如果您是真心想解決問題，就應該去找警察廳長官或國家公安委員長。我在警察廳的長官官房有幾個熟人，可以為您牽線。」

矢島瞪圓了眼睛。

「你只是個警察署長，居然在警察廳的長官官房有門路？」

「唔，警察組織也有各種狀況……」

「我剛才也說了，我並不想隨便把事情鬧大。」

「那您只是來找碴的嗎？」

漫長的沉默之後，矢島說：「要告訴你什麼，你才會配合？」

「關於您處理的案子的一切。」

「辦不到。這牽涉到許多機密。」

「那麼，可以告訴我的範圍就行了。我會和我們的生安課長分析內容，針對往後的偵查，對調查員做出指示。」

矢島再次沉思。

「你知道大森署轄內，毒販之間發生衝突的事嗎？」

「我聽到報告了。」

「雙方背後各有廣域暴力團旗下的黑幫撐腰。」

「這件事我也知道。這原本是刑事課的黑道課在處理的案子，但因為牽涉到毒品，刑事課也知會了生安課。」

「這起毒販之間的衝突，其實是我們安排的，目的是要誘出背後的黑道團體……」

龍崎並不感到驚訝。這些小手腳並不是緝毒部的專利。這種程度的圈套，也是公安的慣用技倆。

矢島繼續說：「那些黑幫是以什麼樣的規模在進行毒品買賣？我們想要掌握整體狀況，也想更進一步瞭解毒品的供應來源是哪裡。」

「一句話就好，只要在設計毒販發生衝突之前和我們生安課長或調查員說一聲就行了。如此一來，應該就不會捅出您所說的婁子了。」

「緝毒官哪有空逐一向轄區警署報備？」

「您剛才提到警方切割得零碎的地盤，但是就我來看，您那種省廳之間地位有別的意識，以及緝毒官的地盤意識，才是問題。」

「緝毒官的地盤意識……？」

「不想要小警察插手毒品案、警察很礙眼——這才是你們的真心話吧？但如果真心要破案，能夠利用的東西就應該全部拿來利用才對。不要把警察當成絆腳石，而該加以利用。」

不只是眼睛，矢島這次連嘴巴都張大了。

「你是警察官，居然叫我利用警察？」

「當然了。雙方都是為國家工作，目的是一樣的。然而卻彼此對立，這實在太荒唐了。只要能確實共享情報，彼此應該就可以為了相同的目標共同合作。」

「你說為了國家，但警視廳只不過是東京都的警察。」

「只要是警視正以上的階級的警察官，都是國家公務員。國家公務員為國效力，是天經地義的事。」

「這只不過是理想論。」

龍崎感到匪夷所思地說：「追求理想，有什麼好猶豫的？」

矢島也露出匪夷所思的表情。

「你到底是什麼人？」

「我是大森署的署長。」

「你不可能只是個轄區署長。」

「我就只是個轄區署長。」

矢島坐在椅子上挪動身體。原本他靠在椅背，打開雙腿，坐得像個大爺，但現在稍微坐正了一些。

「我剛才也說過，我們想要揪出毒販背後的黑幫，以及黑幫背後的毒品供應來源。儘管強化追緝，毒品及非法藥品的使用、持有及買賣等犯罪卻持續在擴大。厚勞省也對此深感危機。」

「警察廳也有相同的憂慮。現在毒品已經不是特殊族群的問題了。在夜店等鬧區的聲色場所及網路上，年輕人可以很輕易地接觸到毒品。也有資料顯示，在家庭主婦這些原本與毒品絕緣的族群之間，毒品也開始擴散開來。」

矢島點點頭。

「這次的偵查有了一定程度的成果。我們查到了毒販背後的黑幫，如此一來，就能進行臥底偵查，或是在該黑幫當中物色S。」

所謂S，就是SPY——「間諜」的首字母。這道盡了這項偵查工作的危險性。其實警方也會進行臥底偵查。這種情況，會讓該名調查員從都道府縣的警職離職，成為「警察廳指定登記作業員」這種名稱模糊的身分。

「我理解這類活動非常敏感。」

「所以我們才不希望警方介入。」

「我們需要一條界線，瞭解哪些是不能碰的。否則第一線的調查員只會不知所措。」

「界線嗎……？」

「沒錯，也就是詳細的情報。供應毒品給該幫派的人是誰，我想你們應該已經有底了？」

矢島沒有回答這句話。

不否定也不肯定。重要的是不否定。

「今天我能說的已經說完了。」

「意思是還有往後嗎？」

「我會考慮。」

「您願意考慮什麼？」

「考慮我們能提供情報到什麼程度。還有，我們也希望你們提供情報。」

「我們這邊的情報？」

「像是關於黑幫的情報。這方面比起我們，轄區、警視廳的黑道三課、四課應該更清楚詳細實情。」

龍崎點點頭。

「我同意。」

矢島起身。

「我會再連絡。」

「如果是正面積極的連絡，我會期待。」

「再說一次你叫什麼？」

「龍崎。」

矢島離開了署長室。

6

矢島離開後，齋藤警務課長和笹岡生安課長立刻進入署長室。兩人的表情都一樣憂心忡忡。

笹岡生安課長問：「怎麼樣了？」

龍崎蓋著印章回應。

「我認為我們已經談妥了，往後會彼此交流情報。」

龍崎瞄了笹岡一眼，笹岡露出打從心底驚訝不已的表情。

「緝毒官答應交換情報？」

「他說他會考慮，看看能提供我們多少情報。」

「難以置信。他們根本就瞧不起警方……」

「我已經充分向他解釋過這類地盤意識是多餘的，但不清楚他究竟聽進去多少……」

「他沒有要求往後全部由他們指揮嗎？」

龍崎抬頭，筆直望向笹岡。笹岡挨了罵似地垂下目光。

「他不可能提出這種要求。這種要求提出來也沒有意義。我們組織不同，命令系統當然也不同。」

「呃，是這樣沒錯，但他們就喜歡說這種話當做恫嚇……」

龍崎將目光移回公文。

「我要求他畫出界線，明確提出不希望我們的調查員介入的部分，以及我們可以自行判斷偵查的部分。這一點他也說會考慮。」

「只要有一條清楚的界線，就可以預防無謂的對立了。」

「我們就是針對這一點做了討論。」

「真是太佩服署長了。」

「不必為無聊的事佩服。原本這應該是由你去交涉的事。」

「不，這不是我能勝任的。」

龍崎微微搖頭。

「也是，解決課長處理不了的問題，是署長的責任。你不必放在心上。」

「是……」

「啊，還有，對方好像也想要我們的情報，過些日子他應該會連絡。」

「緝毒官主動要求情報……？真的太不敢置信了。」笹岡驚呼。

「他說想要關於黑幫的情報。對方或許打算擠牙膏式地提供情報，但我想把我們手上的情報全部交出去。」

「是為了表示誠意嗎？」

「誠意？公務不需要牽扯到誠意。是因為這樣做才合理。對方想要評估的材料，就算提供這些材料，於我們也沒有任何損失。」

「但也沒有好處……」

「有好處。如果我們的情報質與量都夠好，可以做為往後交涉的籌碼。」

「確實如此……」

「替我向刑事課長說一聲。」

「好的，我會轉達。」

笹岡行禮後離開了。

齋藤警務課長還在原地。

「不愧是署長……」

「不愧？什麼意思？」

「過去從來沒有一個署長抵擋得了緝毒官的恫嚇。我想本廳也把他們當成燙手山芋。」

「司法警察彼此合作是天經地義。我只是向他說明了這一點。」

「但這種天經地義的道理，卻很難說出口。」

「這總是讓我百思不得其解。大家工作到底是為了什麼？每個人都忘了大原則。」

「署長所言甚是。」

龍崎望向署長室內的鐘。就快傍晚六點了。早已過了下班時間，但必須蓋章的公文還有一大疊。

他想快點處理完畢。齋藤似乎體察了他的心情，行了個禮離開了。

五分鐘後，齋藤又來了。

「本廳交通搜查課的土門課長來電……」

龍崎抬頭。

「這類事情不用一一過來口頭傳達，直接把電話轉過來就行了。」

「我想可能是為了先前的事。如果署長現在不想接電話，我可以找理由回絕……」

「萬一因為我假裝不在，導致偵查出現拖延或問題，那該怎麼辦？沒關係，接過來。」

「好的。」

外線電話立刻接過來了。

「我是龍崎。」

「我是土門，剛才多謝了……」

「有何貴幹？」

「之前的肇逃案，確定要成立搜查本部了。所以希望你們的重案組也能參加……」

龍崎內心一陣呻吟。

土門無論如何都想貫徹自己的主張。他果然是個棘手角色。

一旦搜查本部成立，就非參加不可。

「搜查本部何時成立？」

「明天一早會正式成立。」

「那麼，可以等到那之前再回覆嗎？我們也需要調整人員。必須和相關部門討論編制。」

一段沉默。

「我知道了。不過時限是明天的上班時間。搜查本部的緊急度有多高，署長應該很清楚，我就不提醒了……」

「我明白。」

「那麼，麻煩了。」

龍崎放下話筒。

蓋印章的手停住了。

土門先前看似同意，打道回府，但他根本沒有信服。為何土門要如此執著於我們的重案組？龍崎無法理解。

土門八成是那種無法忍受說出口的話被打回票的類型。也許大森署的重案組根本無關緊要，他是無法原諒龍崎的拒絕。

既然龍崎先前說過，若要成立搜查本部，自己會再考慮，這回也無法一口回絕了。有必要再次和刑事課長討論。

龍崎用內線叫來關本刑事課長。關本立刻來到署長室。

「我接到交通搜查課的土門課長的電話。他說要為肇逃案成立搜查本部。」

「搜查本部？要當成命案處理呀。」

「他之前說惡質的肇逃也會考慮殺人的可能性。然後又再次要求我們派出重案組。」

關本課長的表情變得凝重。

「成立搜查本部的話，也不能置身事外了。」

「不明火災那邊怎麼樣了？」

「我們正在尋找目擊情報，但還沒有好消息。」

「縱火是重大刑案，不能輕忽。最好能確保人手呢。」

「是。」

但不管怎麼說明這一點，土門都不會接受吧。

這種情況，原則上應該讓重案組負責不明火災的偵查。

龍崎想要貫徹原則。

但這回看來似乎無法堅持了。

「重案組可能得派去參加搜查本部。如果其他單位有人力能夠參與火災偵查，你調整一下。」

「好的。但是把重案組全部的人力都派去搜查本部，似乎不太妥當……總得留下幾個瞭解來龍去脈的人……」

關本這話完全沒錯。

「包括這一點在內，你提出一個調整方案上來。我也會在明天早上以前好好思考。」

「我瞭解了。」

這天龍崎一直工作到晚上八點半，然後回家。

「美紀回家了嗎？」

龍崎問妻子冴子。

「還沒。」

美紀老是在加班。廣告代理商有那麼忙嗎？有時她三更半夜才會回家，這種時候，身上總是散發出酒精味。

當然，龍崎覺得應酬這種行為非常愚蠢，但目前他不打算插口。

「忠典有可能出事了，她卻還在工作嗎？」

「那也沒辦法啊。」

「後來還有消息嗎？」

「她打過一次電話回來。」

「樣子還好嗎？」

「算是冷靜，但其實擔心到神思不屬吧。」

「我想也是。」

龍崎換了衣服，坐到餐桌旁。只喝一罐三五〇毫升的啤酒，這是他晚餐時的習慣。

一個人吃晚飯。冴子也坐到桌旁和他說話。

「我聽美紀說，你幫她打電話去外務省打聽消息？」

「對。」

「聽說失事的飛機，記錄上沒有日本人乘客？」

「對。」

「那，可以當成忠典不在那班飛機上嗎？」

「這就不一定了。」龍崎說。「有時候記錄也會出錯。」

「那不是國際航班嗎？有可能出這種錯嗎？」

「外務省的人說消息並不確實。」

「不過可以抱著希望呢。」

「希望沒有意義。忠典到底在不在那班飛機上？答案就只有一個。」

「真是，你這人就是不知通融。」

「我只是陳述事實。」

美紀回家了。神情疲憊不堪。

應該不全是工作的勞累。忠典的事肯定讓她牽腸掛肚。

「我回來了。」

「連絡上忠典了嗎？」龍崎問美紀。

「沒有。」

冴子加入對話。

「我正在跟你爸說，乘客名單上沒有記錄，忠典一定不在那班飛機上。」

美紀表情疲憊。

「是啊……可是那為什麼會連絡不上？我實在很擔心……」

「不能向外務省的人問到更詳細的狀況嗎？」冴子對龍崎說。

「不知道。」龍崎坦白說。「我認識的那個人並不是墜機事故的直接負責人。而且他說哈薩克那邊的消息很少。」

「你可以再連絡一下那個外務省的人嗎？」

冴子要求。龍崎只得點頭。

「好，我會再打給他。」

美紀似乎想回去自己房間，冴子問她：「你不吃飯嗎？」

「不用了。我在公司吃過了。」

總覺得美紀離他們愈來愈遠了。不過小孩子就是這樣的。

龍崎喝完剩下的啤酒，吃了白飯和味噌湯。

龍崎不是個深眠的人。他經常會在夜半被細微的聲音吵醒。因此當手機震動，他立刻就清醒了。

看看時鐘，凌晨三點半。

這種時間的電話不可能是好消息。

「喂，我是龍崎。」

「我是關本。」

是刑事課長。

「怎麼了？」

「轄內發生火警。一棟透天厝失火，火勢尚未撲滅。」

「又是那不明火災？」

「接下來才要調查，我認為可能性很大。」

「有沒有死傷？」

「住戶吸入濃煙，被救護車送醫了，但似乎沒有生命危險。其他家人全都順利逃生了。」

這表示原本只是小火災的一連串不明火災，終於發展成大火災了。火災是重大刑案，署長應該到場。

「我馬上過去。地點在哪裡？」

關本驚訝地說：「不，不勞署長到場，我只是想報告一聲……」

「我想看看現場。我立刻過去。」

「那麼我派公務車過去。」
「好。」
龍崎沒有開燈，摸黑穿戴整齊。他小心不吵醒妻子，但妻子當然醒了。
「出了什麼事嗎？」
「是火災。可能是縱火。我去一下現場。」
妻子想要起身。
「你不用起來，繼續睡吧。」
「不行，我可是警察官的妻子。」
龍崎穿上西裝，打好領帶。現場一定有許多記者，如果發現龍崎，一定會要求他發言。
所以他不想穿得太休閒。身為警察署長，有許多必須留意的眉角。
等待公務車抵達，前往現場。司機知道火警地點。
龍崎抵達現場時，火勢已經撲滅了。四下籠罩著濃濃的煙臭味。是木材和塑膠燃燒的惡臭。

地面由於消防隊噴水而一片濕漉漉。煤灰溶在水中，變得泥濘。煙和水蒸氣仍在彌漫。

龍崎打發了媒體，穿過封鎖線，關本立刻跑過來。龍崎問道。

「受災情況如何？」

「房屋燒掉大半。正式調查要等到早上，但起火地點似乎不是屋內，而是屋外。」

「果然是縱火呢。」

「是的。」

龍崎注意到有個調查員雙手插在口袋，一副臭臉看著現場。是重案組的戶高善信。

看來半夜被吵醒讓他非常不爽。

龍崎問關本：「戶高也在查可疑火災嗎？」

「對，他是重案組的，這是當然……」

龍崎點點頭，走近戶高。戶高發現龍崎，但也沒有特別緊張的樣子，只點了一下頭。

「你在追查可疑火災的案子吧？」

「紅狗真的是人渣爛狗。」

戶高唾棄地說。紅狗是警方的行話，指的是火災，尤其是縱火案。

「人渣爛狗……？」

「沒錯。火災會奪走一切。這不是有保險理賠就好的問題。充滿回憶的物品，相簿和日記、親朋好友寫來的信……縱火會奪走人生全部的過去。」

戶高這話讓龍崎有些驚訝。

戶高這個人總是嫉世憤俗，即使和他說話，也難得正經回應。

這樣一個人居然在談論人生回憶。

「也就是說，火災會奪走無法換算成金錢的重要事物，是嗎？」

「所以我絕對無法原諒放火的傢伙。」

「重案組有必要全力追緝縱火犯，是吧？」

「當然了。除非逮到這傢伙，否則我夜不安枕。」

「要是重案組被派去辨別的案子，你怎麼想？」

「開什麼玩笑？現在我腦子裡就只有這隻紅狗。」

「那其他調查員呢？」

「重案組每個人都一樣。這次只是好運，沒有造成死傷，但火災極有可能奪走人命，而且是好幾條人命……而更多時候，犧牲的都是老人和小孩這些弱者。」

龍崎看向戶高的臉。總是面帶挖苦笑容的人，現在眼神卻嚴肅無比。

他很憤怒。

「好。」

龍崎說完，準備走向他處。

此時戶高開口。

「到底是怎麼了？把重案組派去辨別的案子，署長這是在說什麼？」

龍崎回頭。

「只是假設性問題，不用放在心上。」

「教我怎麼可能不在意？」

龍崎覺得就算隱瞞也沒用。

「你知道肇逃事故吧？」

「那不是交通課的案子嗎？」

「因為是惡質的案子，所以要成立搜查本部。本廳的交通搜查課要求我們派出重案組參加搜查本部。」

瞬間，戶高恢復了平日的態度。

「我可不去那什麼搜查本部。我現在忙著追捕這個縱火犯。」

「我明白你的心情。」

龍崎只留下這句話，轉身就走。

重案組每個人應該都是和戶高一樣的想法。真的要變成夾心餅了……

龍崎如此感覺。

7

回到家裡的時候，已經是清晨五點左右了。龍崎本想小睡一下，但實在不可能睡著。

今天一早必須決定派去搜查本部的重案組人選才行。

或許應該交給關本刑事課長，但有些事情只能由龍崎決定。關本課長應該想專注在縱火案上。

關本的人選也有可能無法滿足土門課長的要求。屆時龍崎必須居中協調。如果沒有腹案，會難以進行調整。夾在人與人之間，想要協調某些事時，如果沒有自己的定見，就會失敗。

要派幾個重案組的人去搜查本部才好……？

這是發生在大森署轄內的肇逃案。成立搜查本部的話，龍崎也必須出席才行。

搜查本部慣例上都由本廳的部長擔任搜查本部長，轄區署長擔任副本部長。

想到這裡，龍崎驚覺一件事。

搜查本部要設在哪裡？他沒有確認。他連自己都無法相信居然遺漏了如此重要的事。

緝毒官矢島、不明火災，有許多必須思考的問題。但龍崎不應該會因此疏忽了工作，果然是忠典的安危讓他牽掛分神嗎？

本廳交通搜查課的土門通知要成立搜查本部時，他只是模糊地心想應該會設在某處。

但除非有特殊狀況，否則搜查本部都會設在案發現場的轄區警署。

齋藤警務課長什麼都沒說，但也許他認為龍崎當然知道，所以沒有特別報告。

肇逃事故的搜查本部會設在大森署吧。

不光是要不要派出重案組的問題而已。若要成立搜查本部，不只是調查員，還得調派大批人力，也很耗經費。

不是睡覺的時候。

龍崎去廚房想要沖杯咖啡，結果冴子起來了。

「你在東摸西摸什麼？」

「你不用起來，去睡吧。」

「要喝咖啡是嗎？去坐吧。」

結果龍崎把咖啡交給了冴子。

「今天我要早點出門。」

「不用等公務車嗎？」

「用走的也走得到。我一直覺得公務車太浪費。」

「不是因為警察幹部有可能成為恐攻目標，所以移動的時候才必須使用公務車嗎？」

「不會有哪個恐怖分子拿我當目標。」

「這可說不準。」

「如果恐怖分子真心要攻擊，不管是不是坐公務車，一樣會被攻擊。所以沒什麼意義。」

「唉，你這個人真是……」

咖啡機傳來咕嘟咕嘟聲。芳香四溢。龍崎取來報紙打開。

東大井發現屍體一事已經上報了，晚報首次揭露，早報是後續報導。死者是外務省職員一事還沒有公開。

也有肇逃事故的新聞。篇幅很小。不過一旦成立搜查本部，後續報導應該就會占據大篇幅。

哈薩克的飛機失事新聞則完全找不到。或許昨天的晚報有，但龍崎不記得有看到。

沒有後續報導。對日本人來說，那是發生在陌生國度的意外事故，沒什麼報導也是情有可緣。知道這起事故的人裡面，是不是有幾成的人，會覺得那是發生在舊蘇聯國內的事故？

冴子端咖啡到餐桌來。

「忠典的事，你會再幫美紀問一次外務省的人吧？」

龍崎眼睛盯著報紙，啜了口咖啡漫應。

「嗯……」

他不太想打電話給外務省的內山。內山想要打聽東大井命案的偵查細節。兩人之間的連絡，看來對內山是順水推舟，對龍崎卻是打草驚蛇。

一杯咖啡的效果非凡。龍崎覺得舒服了些。因為沒有脫下西裝，他決定直接出門上班。

「今天開始會成立搜查本部，或許我沒辦法回家。」

「咦，是為了縱火案嗎？」

「不是，是昨天的肇逃案。」

「你真的不等車來接嗎？」

「嗯。我走了。」

「路上小心。」

龍崎在六點半抵達警署。交通課的值班係長招呼。

「署長，您來得好早。」

「嗯，今天事情很多。」

「要成立肇逃案的搜查本部呢。」

搜查本部果然要設在大森署嗎？係長知道這件事。是有人向我報告過，但我忘了嗎？

龍崎尋思。

不，沒有。自己並沒有接到任何報告。如此重要的事，他不可能聽過卻忘個精光。

「交通課應該也要參加搜查本部……」

「好像是明天的班的人被派去。搞得班表有點亂掉了。」

龍崎點點頭。

「暫時加把勁吧。」

「明白。」

警察署一天二十四小時都鬧哄哄的，但早晨還是相對安靜許多。

龍崎關上總是打開的署長室大門，坐到位置上。瞬間，他找回了自信與從容。

就算搜查本部要設在自己的署，也沒有什麼好慌的。只要像平常那樣執行公務就行了。

秉持適才適所的原則，在每一個時刻做出最好的決定。

這樣就行了。

想去做做不到的事才會手足無措。只要確實做好能做的事就行了。

龍崎首先想要掌握搜查本部的準備進行到何種程度。但細節必須等到齋藤警務課長上班才知道。

要設立搜查本部的話，應該會使用大會議室或禮堂。龍崎決定去看看場地的狀況。

先看大會議室。龍崎走出署長室。在署內擦身而過的人並沒有驚訝的樣子，向他行禮。

即使署長一大早就在署裡，也不值得驚訝。警察官的執勤時間就是如此不規則。

打開大會議室的門，龍崎有些驚訝。長桌和無線電機器已經搬進來了，儼然已經是搜查本部的陣仗。

警務課早就紮實地做好準備了。應該也加了不少班。

容器已差不多成形，問題是內容物。關本刑事課長會提出什麼樣的人選？

龍崎想起凌晨的火災現場。

把戶高派來搜查本部如何？

這個想法一瞬間掠過腦際。當然，龍崎不會真的這麼做。只是一點惡作劇心理。這證明了他心理上游刃有餘。

關上大會議室的門，折返署長室。等齋藤上班後，再要他詳細報告吧。

龍崎經過走廊時，遇到了關本刑事課長。

關本皺眉說：「署長也是從現場直接過來嗎？」

「沒有，我先回家一趟，但還有很多事要處理，所以提早來了。你是直接從現場來的？」

「對，我還沒想好要派哪些人參加搜查本部……」

「我也在擔心這件事。還有時間，我會在座位，決定好人選後，立刻將名單送過來。」

「是。」

龍崎正要跨步，忽地停下腳步説。

「戶高好像非常認真在追查可疑火災的事。」

「對。他好像小學的時候家裡失火。」

「有家人因此過世嗎？」

「沒有，幸好沒有人過世，但應該在他兒時的心靈留下了可怕的創傷吧。」

龍崎點點頭。

「我想讓戶高專心追查縱火案……」

關本露出疲倦的笑容。

「我也這麼打算。他這傢伙一旦認真起來，都能有很不錯的表現。」

「我倒是希望他每一次都能這麼認真……」

龍崎前往署長室。

回到座位後，先決定工作的優先順位吧。龍崎將現在必須處理的案子列成清單。

首先是包括凌晨火警的一連串可疑火災。

然後是本廳交通搜查課指揮的肇逃案的搜查本部。

還有厚勞省地方厚生局毒品緝查部的矢島來抗議。

東大井的命案雖然不在管轄內，卻是同一個方面本部的案子，而且伊丹也來找他商量，有必要留意一下。

還有，為了忠典的事打電話過去的外務省的內山那裡，最好也加以留意。內山應該想要透過非官方管道得到偵查情報。

任何政府機關，都有不希望警方介入的內情。倘若能得知偵查狀況，就不必向警方吐露多餘的事。

光是寫下來，感覺就已經整理完畢了。更進一步訂出優先順位，該做的事就很清楚了。

首先，最優先事項是搜查本部。重案組的人選必須在第一場偵查會議前列出名單才行。

龍崎至少也得參加第一場偵查會議吧。屆時或許交通搜查課的土門課長又會提出更進一步的要求。

必須當場判斷該接受到什麼程度。龍崎自己要先拿穩立場。

不可能將重案組全部的人力投入搜查本部，龍崎也無法常駐在搜查本部。除此之外的話，多少可以通融。

第二重要的是可疑火災。刑事課似乎幾乎斷定是縱火了。

這邊就期待戶高的表現吧。戶高雖然是個會在勤務中跑去賭賽船的傢伙，但該辦的事還是會辦好。眾人都肯定他擁有過人的偵查直覺。問題雖是勤務態度，但這次他似乎幹勁十足。

交通搜查課的土門說也可以派本廳的調查員去辦縱火案。照常理來想，把這邊的人力派到搜查本部就好了，然而土門卻執意要大森署派出重案組。或許他只是意氣用事，卻也不能悍然拒絕。

要是為這種事對立，偵查會舉步維艱。必須將逮到肇逃犯視為第一優先。

緝毒官矢島的事，龍崎決定擱下。如果矢島有什麼要求，應該會再連絡。到時候見招拆招就是了。

東大井的命案是伊丹主導。這邊也一樣，除非伊丹提出要求，否則擱著就行了。

至於外務省的內山，有必要再主動連絡一次，妻子也如此要求。必須盡快確定忠典的安危才行。

內山可能又會問他東大井命案的狀況，但龍崎沒有義務回答。而且就算想要回答，他也不知道偵查狀況。

整理思考之後，便釐清了完全沒必要慌亂。龍崎甚至後悔早知如此，就該再睡個一小時才對。

敲門聲響起，他才發現門還關著。

「請進。」

房門打開，關本課長進來了。

「我擬好要派去搜查本部的人選名單了。」

「我看看。」

關本課長決定從重案組派出六人。還不知道本廳要來多少人，本廳與大森署的人數比例會是如何？

關本課長提出的六人這個人數，應該是極限了吧。

「我知道了。交通課也會派人，這樣應該可以吧。」

關本課長露出鬆了一口氣的表情。

他看起來疲倦極了。凌晨趕到火災現場，就這樣直接來上班。

這就是警察官的生活。

「名單上的人員，我會要他們一上班就立刻前往搜查本部。」

關本這麼說，龍崎點點頭。

「那你呢？」

「我也會去搜查本部。總不能只把部下丟過去。」

「縱火案那邊呢？」

「交給組長。他很可靠。」

重案組組長名叫小松茂，是四十六歲的警部補。

「好。」

龍崎只說了這麼一聲。他覺得沒必要慰勞。關本只不過是盡了課長的職責。

不知為何，他忽然想起了伊丹。伊丹的話，一定會說聲「辛苦了」。但這是伊丹的作風，自己沒必要模仿。

關本離開的時候，龍崎說。

「啊，門像平常那樣開著吧。」

一會兒後，齋藤警務課長到署長室來了。

「早安。」

「嗯……」

已經這麼晚了嗎？龍崎看時鐘，八點半。

一如往常，堆積如山的檔案搬了進來，排在會議桌上。

「署長今天似乎來得特別早？」

齋藤課長看起來緊張不安。雖然他總是如此，但今天的眼神顯得格外有刺探意味。

應該是為了自己比署長還晚出勤而心虛吧。

「我去了凌晨火警的現場，結果沒睡到。而且要做的事也還有一堆，所以提早來上班了。」

「原來是這樣……」齋藤看起來仍然在害怕受責備。「那個……公務車司機接到連絡，說署長已經出勤了，所以……」

糟了，完全忘記公務車的事了。看來齋藤會這樣心神不寧，是因為他必須違背心意向龍崎提出抗議。

「替我向負責人道個歉。」

「署長去火災現場時，是坐公務車嗎？」

「對。」

「那負責人應該也能體諒吧。」

結果變得不像抗議了。齋藤就是這樣的人。

「你也加班到很晚吧？我剛才去看過了，搜查本部都弄得差不多了。」

「我已經習慣了，麻煩不到哪裡。」

「接下來的規劃是什麼？」

「第一場偵查會議九點開始，本廳的人應該會在那之前過來。」

「我最好也出席一下吧？」

「當然了。署長不到，就沒辦法開始。」

不可能有這種事。第一場會議，本廳的部長應該也會出席。這是交通搜查課的案子，交通部長應該會來。然後由交通部長擔任搜查本部長、交通搜查課長擔任本部主任，指揮偵辦。

署長在不在場都無所謂。事實上，第二次會議以後，部長和署長多半都不會到場。

但就算對齋藤說這些也沒用。

「我知道了。」

龍崎照常開始蓋章。他想要在九點前盡量消化掉公文。

「嗨。」

門口傳來聲音，龍崎抬頭。
伊丹站在那裡。

8

龍崎看向伊丹，手停了一下，旋即繼續蓋章，一邊問道。
「你怎麼會在這裡？」
「要成立搜查本部啊。」
「肇逃的嗎？」
「除此之外，大森署還有別的搜查本部嗎？」
就不能老老實實應聲「對」嗎？
「你幹嘛插手交通部的案子？」
「我聽說是惡質的肇逃案，也必須考慮殺人的可能性。也就是說，刑事部也不能置身事外。」

「東大井那邊的案子怎麼了？」

「那邊我當然也會去看。」

「腳踏兩條船？」

「肇逃是交通部的案子，我沒必要盯著，主力完全放在東大井那邊。」

「我想在九點的會議前盡量處理掉公文。」

「這是在叫我出去嗎？」

「沒錯。」

「噯，別這麼冷漠，陪我一下嘛。」

「有什麼話，等一下要去搜查本部，到時愛怎麼說都行吧？」

「我去會議露個臉，馬上就得回去大井署的搜查本部了。」

龍崎嘆氣。

伊丹向來說一不二。除非聽他說完，否則他絕對不肯離開吧。

「你要說什麼？」

「東大井的命案。我提過死者是外務省的官員吧？」

「這怎麼了嗎？」

「我也提到公安想要主導偵查。」

「所以呢？」

「為了牽制公安和媒體，我聽從你的建議，成立了二十人規模的搜查本部。但偵查很不順利。」

「跟我抱怨這些也沒用。我可沒叫你只用二十個人偵查，而是說表面上二十人，必要的話，隨時補充人力。我還說過要以精簡的人力偵查，前提是必須活用電子郵件、PDA等通訊機器。」

「這我知道。但公安大力反對使用通訊機器交換偵查情報。」

「擔心機密外洩嗎？」

「手機、網路、電郵……他們說一切通訊手段都無法確保安全。」

「他們整天滿腦子竊聽、攔截無線電、駭進別人的電腦，才會說這種話。通訊網路是拿來做什麼的？把利用網路的好處和壞處放在天秤上衡量一下就知道了。」

「是這樣沒錯，不過這次的案子，不只是公安礙事，還有外務省這堵高牆。死者是中南美局南美課的職員，理所當然，熟悉南美情報……」

「等一下。」龍崎抬頭。「我不想知道這些。」

「為什麼？」

「我沒必要知道。這是隔壁署的案子，與我無關。」

伊丹不理會，自顧自說下去。

「其實嫌犯有可能是外國人。考慮到死者任職的單位，有可能是南美國家的人……」

「我不是說我不想知道嗎？」

龍崎強硬地說，伊丹表情有些訝異。

「你怎麼了？有什麼特別的理由嗎？」

「沒有什麼理由，只是不想知道而已。」

「這一點都不像你。你這說法沒道理。」

「有道理。我剛才說過了，這不是大森署的案子。」

「我又不是在丟工作給你，聽一下也無妨吧？」

龍崎盯著伊丹的臉。伊丹也不服輸地迎視過來。龍崎別開目光，又嘆了一口氣。

確實，我這話太沒道理了，龍崎想。也難怪伊丹無法接受。

雖然不想說，但或許只能坦承原委了。

「我女兒的朋友有可能在哈薩克遇到空難。」

伊丹蹙起眉頭。是因為龍崎突然扯到別的話題吧。

「美紀的朋友？誰？」

「三村忠典。」

「三村……我記得是你在大阪府警的上司吧？」

「是他兒子。」

「是美紀的男朋友嗎？」

「唔，算是吧。」

「在哈薩克遇到空難……？」

「他有可能在失事的班機上。為了確定他的安危，我打電話去外務省。以前在警察廳的時候，我在外務省有認識的人……」

「那，那個人平安無事嗎？」

「還不確定。問題是我打聽事故以後。」

「打聽事故以後……？」

「那個外務省的人好像在接完我的電話後，得知了命案的事。他想要知道偵查狀況。」

「唔，這是當然的反應吧。畢竟遇害的是外務省的職員。」

「我不能洩漏偵查情報。再說，我對偵查狀況一無所知。只要什麼都不知道，就無從洩漏。所以我最好對東大井的案子保持無知。」

伊丹思考了一下，片刻後他說道。

「這什麼門外漢的發言，一點都不像你。知情但不透漏，或是把情報的一部分當成誘餌，釣出自己想要的情報。能玩得起這樣的手段，才是警察官的真本事吧？」

「我沒有必要從對方那裡問出什麼。我想知道的只有哈薩克的空難事故消息。」

伊丹尋思著說：「我有。」

「有？有什麼？」

「我有必要從對方那裡打聽情報。」

「那你自己跟他說就好了。」

伊丹搖搖頭。

「我想要非官方的管道。現在就算直接去問外務省，他們也不肯全盤托出事實。」

龍崎吃了一驚。

「你的意思是要我當間諜？」

「別說得那麼難聽。難得你有管道，我是請你活用，協助辦案。」

「我沒有義務這麼做。」

「能利用的全都拿來利用，這不是你平常掛在嘴上的話嗎？」

「我沒空搞那些。光是現在手頭上的案子，我就分身乏術了。聽好了，不要我一直說，東大井的事，是大井署和你們的搜查本部的案子。」
「勢成騎虎了，你就幫個忙嘛。」
「我才沒騎什麼虎。」
「光是要牽制公安，就耗掉我一堆精力了。幫我一下也好吧？」
「那是你的工作。」
「要求你蒐集情報，也是我工作的一部分啊。什麼都好，我想要死者的情報。」
「你們已經查到了吧？」
「只有表面上的資料。」
龍崎又開始蓋印章。若是能夠，他真想把伊丹的話當空氣。
但冷靜想想，伊丹的說法也可以理解。偵查的時候，能夠利用的都該加以利用。這確實符合龍崎的想法。
伊丹說兇手可能是外國人。有可能是南美洲的人……

這表示不是隨機犯案或是私怨仇殺。

「我不打算和那個外務省認識的人彼此刺探，也沒空搞這些。」

「你一定能勝任愉快。」

「這跟能不能勝任無關，我根本不想做。」

這時齋藤警務課長過來了。

「署長……偵查會議的時間差不多要到了……」

伊丹說：「在我回去大井署的搜查本部前，問出具體的內容。那我先過去了。」

伊丹離開了署長室。

又添了一件懸而未決的差事。真麻煩。

「叫副署長過來。」龍崎板著臉對齋藤警務課長說。

「是，我立刻過去……」

齋藤離開，貝沼副署長馬上過來了。

「署長找我？」

無論何時看到貝沼，他都像個高級飯店人員，風采堂堂。

「我等一下得出席肇逃案的搜查本部會議，剩下的公文就交給你了。」

把署長印章交給副署長，原本或許是違法行為。若是公文遭到惡用，有可能觸犯偽造公文的罪名。

但現在顧不了這麼多了。所有的公文都需要署長蓋章，這完全就是衙門思維。應該可以省掉更多徒勞來工作才對。

要確實做好所有的職務，並同時處理完全部的文件，署長一個人實在不勝負荷。

其他署的署長到底都怎麼做？龍崎真心想要去請教個一次。

這種事副署長做過好幾回了，瞭然於心。

「好的，接下來就交給我，請署長放心。」

貝沼值得信賴。他喜怒不形於色，因此龍崎剛到任的時候，甚至懷疑貝沼是不是對他反感。

但他漸漸明白並非如此。貝沼只是凡事內斂低調。儘管如此，卻體貼周到。從這個意義來說，也像個飯店人員。

龍崎起身，前往設置搜查本部的大會議室。

齋藤警務課長說布置搜查本部場地他「已經習慣了」，但對龍崎來說，這也已經成了他熟悉的氛圍。

室內陳設著長桌，坐滿了一排排的調查員。本廳的人坐在前面，轄區調查員聚集在後方。

並不是說本廳比轄區地位更高。這樣的安排，敬重客人的意涵更大。

正面的高台坐著穿制服的交通部長。交通搜查課的土門一襲西裝。

交通部長旁邊是伊丹。兩人正交頭接耳。表情很嚴肅，但龍崎認為八成不是在聊什麼重大的事。

伊丹旁邊的座位空著。那裡是龍崎的座位。

大森署也有交通課長和刑事課長出席。

龍崎就定位後，伊丹小聲向他攀談了。

「剛才那件事就拜託囉。」

龍崎看也不看伊丹，板起臉來。

「我還沒答應説要做。」

「我現在需要一個可靠的同伴。」

「你們自己的問題，自己解決。」

交通搜查課的理事官主持會議。理事官名叫小田榮一，頭髮摻著白絲。應該年過五旬了。看起來像個老實人。

來了幾個管理官，應該是交通部和搜查一課兩邊都有派人來。

搜查一課長沒有出席，在形式上強調交通搜查課的土門課長才是這個搜查本部的指揮官。

小田理事官宣布偵查會議開始。

從介紹幹部開始，接著交通部長致詞。從頭到尾都是鼓舞調查員的內容，沒有具體的指示。

接著請伊丹致詞，但伊丹只說了句「請多指教」。龍崎沒有被邀請致詞。

接下來是事故狀況的詳細說明。應該不會有超出龍崎掌握範圍的報告。

第一場偵查會議，主要是確認初步偵查的內容。

現場是大森北三丁目「八幡大道入口」號誌附近。肇事車輛撞了被害者以後，立刻拐過轉角逃逸了。

雖然有多人目擊，卻沒有任何人看到車號。肇事車輛是黑色系的房車。因為不知道車號，也無法使用自動車牌辨識系統。

緊急部署沒有收獲，逃逸的車輛尚未尋獲。

死者是六十二歲的無業男子，八田道夫。

報告的負責人說：「此外，八田道夫死亡時雖然是無業，但經查明，以前曾任職於外務省，是特考組的學長。退休時的部門，是公關文化交流部的文化交流課。曾經赴任日本駐巴西大使館。」

聽到這段報告，龍崎吃了一驚。

他悄聲問旁邊的伊丹。

「你知道這件事？」

「不，第一次聽到。」

真的嗎？總覺得伊丹的舉止突然顯得極為狡詐。

接著龍崎想到外務省的內山。如果只有東大井的命案，他可以拒絕伊丹的要求。

但連肇逃案的被害者也是前外務省官員的話，或許就無法說不了。

內山恐怕也會主動連絡，設法打聽東大井命案和肇逃案兩邊的偵查狀況。

初步偵查報告結束了。雖然有交通鑑識的報告，但這邊的報告內容大多都是尚在分析當中。

交通鑑識的報告中，唯一具有參考價值的，就是完全沒有煞車痕這件事。土門課長也提到過，這或許反映了駕駛的殺意。

土門課長似乎也很重視這一點。

最糟糕的情況，這有可能是針對前外務省官員的殺人案。

交通部長開口。

「死者是前外務省官員……然後現在無業嗎？明明應該可以空降到民間單位的……」

伊丹回應。

「也有可能是靠著退休金，悠閒自在地養老。」

「外務省的菁英官員有可能這樣就滿足嗎？」

「人各有志吧。」

龍崎思考兩人的對話。

確實，如果是外務省的特考組菁英，退休後要尋找事業第二春，絕非難事。但死者卻是無業。

這意味著什麼嗎……？

土門課長向小田理事官要求發言。小田同意。

「在正式進入偵查之前，我想對本部的編制提出一些意見。為了偵查本案，本廳從交通搜查課、交通鑑識課，以及搜查一課重案組派出人手，共有三十五名人員。相對地，大森署卻只派出了交通課十名、刑事課重案組六名，總共十六名人員。這樣調查員比例失調了。我認為轄區有必要加派人手。」

來了……

龍崎想。確實，雙方比例並不平衡。但站在轄區警署的角度，這已經是極限了。

土門又繼續說：「我希望大森署再加派二十名人力進入本部，如何？」

交通部長趁勝追擊地說：「是啊，尤其交通課的案子，需要熟悉當地的人員。轄區警署的角色很重要。」

小田理事官請龍崎發言。

「署長，這部分您怎麼回應？」

龍崎又被逼入進退維谷。

要大森署再派出二十名人員，實在強人所難。土門肯定是清楚這一點，才故意這麼說。

他應該很期待龍崎會如何回答。若是在這時候表現出一籌莫展的樣子，土門一定會拍手叫好。

沒必要讓土門趁心如意。

「本廳三十五人，本署十六人——光看數字，確實似乎不成比例，但我認為重要的是偵查實際上如何進行。」

土門提問：「偵查實際上如何進行……？這是什麼意思？」

「土門課長說需要熟悉地理、並且具備偵查能力的人，我認為六名重案組人員符合這個條件。而且本署交通課的人員比重案組更熟悉當地。」

「署長說的沒錯，但我說的是人數的問題。署長也知道，搜查本部一般都讓轄區和本廳調查員搭擋辦案。」

「因此我才說不能只看數字。本廳的三十五人當中，包括六名交通鑑識人員。交通鑑識人員的角色與其他調查員應該不同。也就是說，他們應該不會參與在現場走訪盤問的工作。」

瞬間，土門露出慌了手腳的表情。但他立刻振作起來。

「但依然是二十九名對十六名。請再加派十名。」

要求縮水了。

「本廳的二十九名人員當中，還有十五名是交通搜查課的調查員。交通部的人員，需要轄區人員帶路嗎？」龍崎說。

當土門在思考該如何反駁時，龍崎又接著說下去。

「本案是肇逃案，因此現場的偵查固然重要，但調查嫌犯的逃逸路線應該也很重要。這不只是大森署轄區內的問題而已。交通搜查課的人員應該才是對都內的道路瞭若指掌。」

土門沒有回話。

這時伊丹開口了。

「我認為目前這編制就行了。加重轄區警署的負擔，也不是好事。」

一槌定音。

會議進入眾管理官做出具體指示的階段。

片刻，龍崎對伊丹說道。

「沒想到你會支援我……」

伊丹咧嘴一笑。

「你欠我一回，對吧？」

9

偵查會議約一個小時後結束了，調查員各別分組後，土門交通搜查課長做出具體指示。

首先是蒐集目擊情報。調查員會走訪現場附近。這是最基本的偵查，卻至關重要。

通訊系統和資訊機器的發達、科學偵查的進步日新月異，但完全是用來輔助傳統的基本偵查手法。即使在今日，犯罪偵查依然是由刑警們踏破鐵鞋、一步一腳印的努力所支撐起來的。

此外，土門課長還下令檢查現場附近全部的監視器。

最近到處都設有監視錄影機。雖然注重人權的民眾抗議這是侵犯隱私，但站在維護治安的角度，監視器非常管用。

人權或安全，總得選擇其中一邊。不願付出任何代價，卻兩邊都想要，未免想得太美了。

「那，我去大井署那裡了。」

伊丹說，站了起來。

「等一下。」龍崎說。「這是巧合嗎？」

「巧合？你在說什麼？」

「死者是前外務省官員。」

伊丹搖頭。

「不清楚……東大井的死者是現職人員，但這邊的是前任官員。而且偵辦才剛開始，沒有任何線索讓人懷疑兩者的關聯。」

「你真的不知道這邊的死者是前外務省官員嗎？」

「我怎麼可能知道？」

「你是刑事部長，情報應該都會送到你手上。」

「這個案子是交通部主導的。」

伊丹瞥了一眼已經起身，在會議室門口附近和土門課長談話的交通部長。接著說：「這邊的案子也和外務省連上關係了。你的管道更可以活用了。」

「所以說，我還沒答應要做。」

「不是推三阻四的時候吧？」

「對你來說或許必要，但我可不需要外務省官員的管道。」

「還有美紀的男友那件事不是嗎？」

龍崎忽然陷入沉思。

妻子冴子也叫他再連絡一次，這通電話非打不可吧。

但如果打電話，對方當然會打聽東大井的事。肇逃案的死者是外務省退休官員一事，遲早也會傳進內山耳裡。

如此一來，內山一定會更想向龍崎打探情報。結果利用非官方管道的會是對方，而不是自己。

龍崎想要明確地告訴伊丹這一點。

伊丹背對龍崎擺擺手，走向門口。經過交通部長前面時，笑著和他寒暄了幾句。

伊丹從不樹敵。這是他的優點，也是缺點。沒必要無謂地樹敵。但既然身為警察官員，就不能只求息事寧人，無事相安。

總之不管怎麼樣，都得打電話給內山。必須確認忠典的安危。

或許比起外務省，忠典上班的貿易公司消息還比較快。但龍崎覺得比起民間，官方的消息還是更確實。

看看時鐘，已經十點十五分了。龍崎打算回去署長室。也得思考其他的案子才行。

肇逃案是本廳交通搜查課主導。但縱火案那些是大森署的案子。

交通部長和土門課長還站在門口附近說話。龍崎要離開，無可避免會經過兩人面前。

龍崎頷首致意，就要經過。

土門課長出聲了。

「署長，你要去哪裡……？」

「回去辦公室。其他還有許多公務要處理……」

「這起肇逃案是重大案件。」土門課長說。

所以怎樣？

龍崎心想。難道世上有不重要的案子嗎？警察署處理的案子，每一起都很重要。

「我明白。」龍崎說。「所以才會成立搜查本部。」

「既然如此，希望署長也能盡量守在搜查本部。」

土門課長非要找我的碴就是了，龍崎心想。

「為什麼？」

「什麼為什麼……交通部長是搜查本部長，而伊丹刑事部長和龍崎署長是副本部長，不是嗎？」

「那完全只是名目。」

聽到龍崎這麼說，交通部長表情有些不滿。

「不能什麼事都推說是名目。要是這樣說，搜查本部本身豈不是毫無意義了？」

交通部長名叫柿本致。記得是比龍崎和伊丹晚一期的特考組，階級和龍崎一樣是警視長。

龍崎滿不在乎地回敬。

「除非部長在前線指揮，否則我認為確實是沒有意義。」

聽到這話，柿本交通部長似乎大吃一驚。

應該是因為區區一個小轄區警察署長，居然敢毫不畏懼地反駁警視廳部長的話，讓他難以置信吧。

「說的沒錯，但本部的部長沒有時間只專注在一個案子。」

「警察署長也是一樣的。比起守在單一的搜查本部裡，署長待在署長室，能做到更多的事。站在警方整體的角度，部長和警察署長常駐在搜查本部，意義不大。」

柿本交通部長的表情漸漸難看起來了。被轄區署長大剌剌地指教，肯定讓他很不痛快。

任何地方都有只看頭銜和階級的人。

柿本部長說：「你這番意見很有意思，然而並不是一介警察署長該說的話。小心你的言詞。」

「我不是愛說才說的。我只是受夠了本廳交通部的無理要求。」

柿本部長更不高興了。

「什麼叫無理要求？」

「我們署為了搜查本部，提供場所，撥出大量人力，甚至派出寶貴的重案組調查員。」

「轄區警署聽從警察本部的命令，這不是天經地義嗎？」

「當然。因此大森署依照土門交通搜查課長的要求，提供場地，並確保人力，然而土門課長卻說這樣還不夠。這對轄區警署來說，完全就是無理的要求。」

「轄區警署只要照著方面本部和本部的話做就好了。」

「這種思維乍聽之下很合理，也有不少幹部誤以為只要徹底上情下達，警察組織就能更圓滑、更有效率地運作。但偵查工作唯有充分掌握當地的真實狀況，才有可能做好。若是不瞭解各個地區的狀況，偵查也好取締也罷，都將會困難重重。」

「你以為你在跟誰說話？我可是本廳的部長！」

龍崎厭煩極了。

跟這種傢伙打交道，只是浪費時間。他也可以不理對方，直接前往署長室的。但若是就這樣置之不理，不只是土門課長，或許連柿本部長都會對他頤指氣使。

土門課長毫無疑問，想要利用柿本部長狐假虎威。土門一定是打著這樣的算盤——雖然我沒有命令龍崎的權限，但部長有。

雖然不想這麼做，但必須給柿本部長一點下馬威才行。

「你才是在對誰說話？你是小我一期的學弟吧？」

柿本露出訝異的表情。

「小你一期……？什麼意思？」

「你是剛才還在這裡的伊丹部長小一期的學弟吧？」

「對，可是……」

「我和伊丹同期。」

柿本傻住了。

「這麼說來，我就覺得你對伊丹部長說話的口氣沒大沒小……可是你說你們同期，這到底是……」

土門課長慌亂地悄聲對柿本說了什麼。

柿本的表情更加吃驚了。

「咦……？從警察廳的長官官房……？怎麼會？」

「有許多理由。」龍崎說。「總之是左遷人事，但階級依然是警視長。」

「比我大一期的警視長……」柿本部長的表情顯得匪夷所思。「沒想到轄區警署會有這樣的學長……」

連措詞都變了。

「我以為特考組的話，很清楚學長學弟制。」

柿本總算想起來似地說道。

「這麼說來，我聽過這件事。因為家庭醜聞……」

龍崎沒有吭聲。

柿本又說：「原來如此，那個人就是學長您……我直到去年都還在熊本縣警本部，今年四月剛進警視廳……」

「這樣啊。」

龍崎對柿本的經歷不感興趣。

「學長正面反抗想要隱蔽現職警察官犯罪的警察高層……」

「沒那麼誇張。我只是明確地指出違反原理原則的事罷了。」

「就連家庭的醜聞，也沒有隱匿……」

「隱匿事實，絕對不會有好結果。」

「署長說，應該明確地指出違反原理原則的事……？」

「沒錯。」

「那麼署長的意思是，土門對你說的話是錯的？」

「以原則來說，並不算錯，但我認為他沒有考慮到現場的狀況。確實，肇逃是重大犯罪，這次的案子更是惡質。但我們署的重案組現在手頭也有一起重大刑案，我們也不能疏忽了那邊。」

「大森署重案組手上的重大刑案是什麼？」

「縱火案。」

柿本沉思。

「這樣啊，我瞭解了。這次就採納署長的說法吧。」

這次？

龍崎忍不住想追究，但還是罷休了。好不容易可以脫身，沒必要再繼續蹚渾水。

「那麼我失陪了。」龍崎對柿本說完後，望向土門課長。「我會在署長室，有事請通知我。」

土門一臉掃興。龍崎不待他回應，便轉身離開搜查本部所在的大會議室。

他打發掉魚貫跟上來的各家媒體記者，進入署長室，這時已經十一點快十五分了。

貝沼副署長正坐在會議桌前為公文蓋署長章。

「好像進展不少？」

「我把需要署長親自過目的公文放在這裡了。」

「好，辛苦了。」

龍崎說道，貝沼起身將署長章恭敬地放回桌上，接著行禮退出署長室。

麻煩事想盡快在上午解決掉。龍崎決定打電話給外務省的內山。

在那之前，必須先連絡美紀，詢問是否仍無法確定忠典的安危。

他用自己的手機打到美紀的手機。等了七聲鈴響。他正想掛斷時，電話接通，傳來美紀的聲音。

「爸？」

「還沒連絡上忠典嗎？」

「還沒。」

「這樣。我想再問一次外務省那裡……」

「謝謝爸，有什麼消息再通知我。」

「嗯，我會立刻通知。」

龍崎掛掉手機，拿起桌上的話筒，打給外務省的內山。
「啊，龍崎先生，我正在等你的電話。」
「全祿航空的事故，有什麼新消息嗎？」
「我們接到當地日本大使館的正式回覆了。失事的班機上果然沒有日本乘客。」
「確定嗎？」
「是大使館宣布的消息，應該不會錯。」
「有沒有可能只看觀光客，忘了派駐在當地的商務人士？」
「不可能有這種事。」
內山的聲音有點不悅。是外交官員的自尊心使然吧。龍崎並不在意。
「只是確定一下而已。那班飛機上沒有日本人，這一點確定嗎？」
「確定。」
「那麼，為何我女兒連絡不上朋友？」
「這我就不清楚了。應該有什麼理由吧。我能夠說的，就只有失事的全祿航空班機上沒有日本人乘客。」

「有沒有可能是外國人買了機票，搭機的卻是我女兒的朋友？」

一陣停頓。內山應該在思考。片刻後他說了。

「雖然是舊蘇聯圈內的班機，但畢竟是國際航班，搭機時應該會檢查護照。因為是舊蘇聯圈，這類手續應該更嚴謹。」

「那麼，不可能有日本人用外國人名字的機票搭機，對嗎？」

「應該不可能。令嬡連絡不上朋友，我想是因為飛機失事以外的理由。」

「我會這麼轉告小女，謝謝。」

龍崎說完，準備掛電話，但內山果然不容他這麼做。

「對了，東大井的命案後來有什麼進展嗎？」

「詳情還不清楚……再說，我不會收到那個案子的消息。我只是個轄區署長，東大井不在我們的轄內。」

「不過一樣都是第二方面的管轄吧？」

「刑事案件一般都不是以方面本部做劃分，而是由每一個轄區負責。所以雖然一樣是第二方面本部轄內的案子，但我們並不直接相關。」

「什麼消息都好，請透露一些吧。您也瞭解令嬡的心情吧？」

「小女的心情……？」

「對，令嬡很擔心朋友是否在失事的班機上。您體諒令嬡的心情，打電話向我打聽。我也是一樣的心情。外務省的同事不幸遇害了，任何細節都好，想要瞭解一下，是人之常情。您可以諒解吧？」

儘管兩人只有一面之緣，但當時龍崎就看出內山顯然不是這種重視人情的人。

他只是想要訴諸龍崎的良心。

「我瞭解您的感受。」龍崎淡淡地說。「但職掌之外的偵查狀況，即使想要探聽，也不是那麼容易知道的。」

「普通的話，或許是吧。」

這話別有深意，龍崎戒心大起。

「我就是個普通的警察署長啊。」

「特考組出身的警視長，不可能只是個普通的警察署長。不僅如此，還與警視廳的刑事部長同期，甚至自小相識。」

咦？看來這傢伙調查了我的背景。

龍崎在內心喃喃自語。

內山說他現在的單位是第三國際情報官室嗎……？他是情報界的人，要查出龍崎的底細，是輕而易舉吧。

「既然都知道這麼多了，您應該也知道我是遭到左遷吧？」

「是的，我也知道這段經緯。」

「那麼您應該明白，我是個遭到左遷的無能之人。情報不可能送到這種人手中來。」

「撒謊不好喔。」

「撒謊？」

「您不是因為無能才遭到左遷的。」

這傢伙真難搞。

龍崎心想。

倚恃階級和權威，仗勢欺人的類型，容易控制。但內山這種會預先調查，滴水不漏的類型，一旦為敵就很棘手。

「總之……」龍崎說。「偵查情報不會送到我這裡來。」

「您也沒有和刑事部長討論過這個案子嗎？」

「沒這個必要啊。」

「還沒有查出可能的嫌犯嗎？」

「我不知道。」

「有沒有找到任何線索？」

龍崎都說什麼都不知道了，內山的問題攻勢卻絲毫不放鬆。龍崎覺得他是個專家。

在審問方面，警察官也是專家。審問的專家，絕對不會配合對方的步調。與內山初會時的印象，感覺他是個有點纖細的人。後來他一定學到了許多，也經歷了不少辛苦。

話說有句俗諺「士別三日，刮目相待」。來自《三國志》〈吳書〉的「士別三日，即更刮目相待」，在競爭激烈的菁英官員的世界裡，或許三天就能讓人改頭換面。

與初會那時候相比，內山應該也變了不少。

記得伊丹好像說，懂得該提供多少情報，才是警察官員的真本事展現。

但對於外務省的情報專家，這種招數管用嗎？龍崎有些懷疑地說。

「或許死者生前的工作，和命案有某些關聯。」

「生前的工作……？南美課的工作嗎？」

「我不方便再透露更多了。抱歉，我想通知小女全祿航空班機的事……」

「也是。」內山說。「我會再連絡。」

通話結束了。

真難對付。不過追根究柢，是我先打的電話，所以或許是自做自受吧，龍崎心想。

全祿航空的事解決後，希望可以就此斷絕關係。

但伊丹說與內山的非官方管道是必要的。既然如此，讓伊丹和內山直接連絡嗎？總覺得這是最好的方法。

10

龍崎用手機打給美紀。

「大使館掌握的消息說，失事的班機上果然沒有日本乘客。」

「會不會是用外國人的名字買了機票……？」

「我也這麼問外務省的人，但他說那是國際航班，不太可能有這種情形。他說連絡不上忠典，應該有其他的理由，你有什麼線索嗎？」

「完全沒有。」

「在這之前，你們都很正常連絡嗎？」

「是啊……」

「你們都怎麼連絡？」

「用電郵。」

「電腦的電郵，還是手機的電郵？」（註：在日本，申辦手機時，電信公司會提供一個電郵信箱綁定手機號碼，日本人以手機傳訊息時，多半使用這個電子信箱，而非簡訊形式。日本在通訊軟體興起前，手機電郵是互傳訊息的主流方式）

「電腦的。」

「空難以後，就一直沒有收到回信，是嗎？」

「嗯……」

「那空難之前，都會馬上收到回信嗎？」

「還好……」

「什麼叫還好？」

「其實我們並不是那麼頻繁連絡。我跟他都很忙……而且也有時差，所以不是馬上就會有回信。時常三天後才收到他的回信，我這邊也差不多……」

「你們不會打電話嗎？」

「我們很少打電話。因為國際電話很貴……」

「你們不是在交往嗎？」

「我們是遠距離啊。其實連是不是真的在交往，或許都有點微妙。」

「你一得知空難的消息，馬上就設法連絡他了吧？」

「對，我馬上傳電郵過去，也打了他的手機。」

「可是……」龍崎一字一句確定地問。「事發之後才過了兩天。而你剛才說三天都沒回覆也是常有的事，對吧？」

「是啊，可是……」

「換句話說，你說連絡不上忠典，但其實這種情況一點都不稀罕？」

「可是……」美紀說。「因為發生空難，我擔心死了，一直傳電郵過去，這次還打了電話。他真的說過預定要在飛機失事那天去莫斯科。」

龍崎忽地想起內山的話。

「除了飛機失事以外，你想得到其他忠典不回信的理由嗎？」

龍崎說這話，是猜想兩人的感情早已生變。忠典有可能其實看到美紀的電郵了，卻選擇不回信。

美紀的聲音傳來。

「我想不到……」

忠典預定搭乘一天只有一班的全祿航空班機前往莫斯科。

而那班飛機失事了。

美紀會六神無主，也是可以理解的。

但如果忠典平安無事，為什麼不連絡一聲？

龍崎說：「外務省說失事的班機上沒有日本人乘客。這個情報非常確實。你就等等忠典的連絡吧。」

「好。」

「他一有連絡，馬上通知我。」

「嗯。」

「再見。」

龍崎掛了電話。

完全被美紀牽著鼻子走了。冷靜詢問之後，他發現其實或許根本不值得如此大驚小怪。

忠典說要在那天前往莫斯科，這一點確實令人掛意，但也有可能是預定更改了。

接到冴子的電話時，龍崎反射性地認定忠典被捲入空難了。

但大使館的報告說失事班機上沒有日本乘客，而且美紀和忠典兩、三天連絡不上，似乎才是常態。

凡事都不能抱持成見。

龍崎判斷忠典的事似乎不必過於擔心，但也不能將此事從腦中的優先順位清單移除。

如今比起忠典，內山更是個問題。他顯然想要利用龍崎做為情報來源。伊丹叫他反過來利用這一點。

忠典成了引子，召來了極為棘手的狀況。內山很難對付。

叫他和這樣的內山周旋的伊丹令人火大。

如果需要管道，怎麼不自己去交涉？

龍崎這麼想，打到伊丹的手機。

「喂，伊丹。」

「我打去外務省了。」

「聲音怎麼聽起來很不高興？」

「或許吧。」

「空難那邊怎麼樣了？」

「他說當地大使館通知，失事班機上沒有日本人。」

「這樣啊，那太好了。」

「雖然還連絡不到本人，但或許有什麼別的理由。」

「還連絡不上？讓人有點擔心呢……」

伊丹是真的擔心嗎？他有時候感覺只是嘴上說說。

「內山果然又向我打聽命案了。」

「然後呢……？」

從聲音聽得出他頓時關心不已。真現實。

「我告訴他我這裡拿不到偵查情報。」

「他怎麼說？」

「他調查了我的背景。說我跟你是同期，猜我是不是會跟你討論到命案。我是否定了……」

「既然會調查你，表示他對你很好奇。這是好兆頭。」

「對你或許是好兆頭，但對我只是麻煩。」

「關於被害者，你問出什麼了嗎？」

「所以說，如果想知道什麼，你自己連絡他就好了。他叫內山昭之，是第三國際情報官室的人。」

「要是我這個刑事部長連絡，對方會起戒心，這樣就前功盡棄了。我想要的完全是非官方的關係。」

「我沒義務當你的間諜。」

「我不是幫你拒絕了交通搜查課長的要求嗎？」

「那種賣人情的說法只會惹人反感。」

「拜託啦。我光是和公安周旋，就已經焦頭爛額了。」

「別搞什麼周旋，別理他們就好了。刑事部的工作是命案偵查。不管公安說什麼，都當成耳邊風就行了。」

「要是辦得到，我老早就這麼做了。」

「怎麼會辦不到？公安不是偵辦命案的專家，刑警才是吧？」

「所以問題出在死者的身分。國家公務員遭到外國人殺害，遇到這種狀況，公安也無法袖手旁觀吧？」

「不管遇害的是誰，警察官都不會袖手旁觀。別管他們，刑警做好刑警的工作就對了。」

「你的話，或許真的可以不鳥公安。真希望換你來指揮搜查本部。」

「開什麼玩笑，別把我扯進更多麻煩了。」

「又不是真的叫你來這邊，只是一種誇飾啦。」

「我覺得內山早就察覺兇手可能是外國人了。」

龍崎突然話鋒一轉，伊丹似乎有些不知所措。

「什麼……？」

「你不是說可能是南美洲的外國人幹的？」

「你洩漏了這件事？」

「正確地說，我是這麼這麼告訴他——或許死者生前的工作，與命案有某些關聯。」

「真微妙呢……」

「內山應該馬上就想到什麼了。」

「你沒有透露其他細節吧？」

「我又什麼都不知道。」

「我們給了誘餌，下回該輪到我們打聽出什麼來了。」

「所以說，你喜歡這種策略遊戲的話，自己去做就行了。」

「什麼都好，問出一點什麼吧。那就拜託了。」

電話掛斷了。

龍崎又嘆氣了。

他放下話筒，開始蓋印章。龍崎想趁現在盡量處理掉堆積如山的公文。雖然還不到中午，但他已經累壞了。

沒辦法，昨晚幾乎沒睡。持續做著單調的蓋印章工作，漸漸睏了起來。

署長室的門一如往常地敞開著。

若是被人看見他在打瞌睡，那就不只是尷尬了。龍崎正這麼想，門口附近傳來爭執的聲音。

龍崎停手揚聲。

「怎麼了？」

齋藤警務課長露臉說：「不，沒事……」

戶高推開齋藤課長現身。

「我有話要說。」

齋藤警務課長對戶高說：「你是可以直接跟署長說話的身分嗎？」

「就算跟課長說也沒用啊。」

「就算是這樣……」

龍崎開口。

「是什麼事？」

齋藤看向龍崎。

「沒關係，讓他說。」龍崎說。

戶高對齋藤課長擺出得意洋洋的嘴臉。齋藤則離開了署長室。

「那麼多人被調去搜查本部，是要怎麼辦案？」

「這是本廳交通搜查課的要求。轄內發生惡質的肇逃案，沒辦法。」

「紅狗的案子是先發生的，應該優先才對。」

「這不是先後的問題。」

「總之我要說的是，人手太少，沒辦法辦案。」

「成立搜查本部了，非以那邊為優先不可。」

「開什麼玩笑，縱火可是重罪。」

「那是惡質的肇逃案。因為也有殺人的可能，所以重案組才會被找去。」

這時關本刑事課長趕了過來。

他看到戶高，瞪圓了眼睛。

「你在這裡做什麼？」

一定是齋藤跑去告狀的，龍崎想。

戶高一臉嘔氣。

「我來跟署長說，人都被調去搜查本部了，沒辦法做事。」

「你這個蠢蛋……」關本轉頭對龍崎說。「真是抱歉。晚點我會好好訓他一頓……」

「噯，等等。」龍崎說。「戶高說沒辦法做事，這是真的嗎？」

「這傢伙太誇張了。」

「才不誇張呢。」戶高說。「搜查縱火案靠的是目擊情報。換言之，現場問案是勝負關鍵。才剛要正式展開行動，人手卻少了一大半，是要叫人怎麼做事？」

龍崎點點頭，對關本課長和戶高說道。

「我知道了。跟我來。」

龍崎帶著兩人，回到搜查本部設置的大會議室。

柿本交通部長已不見人影。

高台上坐著土門交通搜查課長，頻頻和管理官們交談。

搜查本部活力十足地運作著。

龍崎走近土門課長。

「之前說過，我們會派出重案組的人，但你會把本廳搜查一課的調查員借給我們，對吧？」

土門課長驚訝地看龍崎，接著望向龍崎背後的關本和戶高。

「什麼？」

「之前我說我們沒辦法派出重案組的人力給搜查本部時，課長是這麼回答我的。」

「有嗎……？」

或許土門想裝蒜，但龍崎不可能容許他這麼做。

「這兩位是大森署的刑事課長以及重案組人員。他們說以目前的人力，執行辦案有困難。請你履行承諾。」

土門課長一臉苦澀。

「我們也盡可能地需要多一些的人力。再說，如果要派搜查一課的人去你們那裡，也得跟刑事部商量才行……」

「那麼，昨天你是拿根本做不到的事來跟我談條件嗎？」

「不，我又沒說做不到……」

「那，請立刻處理。」龍崎轉頭問戶高和關本課長。「需要幾個人？」

「呃……」關本課長說。「這是說本廳搜查一課的調查員，要聽從我們的指揮嗎？」

龍崎點點頭。

「沒錯。」

「自尊心那麼高的搜查一課，願意聽我們的話嗎……？」

「不聽也得聽。這是提供重案組人力給搜查本部的條件。」

「有意思。」戶高說。「就讓我來好好使喚他們吧。」

「等一下。」土門課長的表情更苦了。「沒辦法一時三刻就辦好。得先拜託交通部長，請他轉達刑事部長商量……」

「太拐彎抹角了。」龍崎說。「請直接和刑事部長說。」

龍崎掏出手機，打給伊丹。

「咦？什麼意思……？」

「我打給伊丹刑事部長了。」

土門課長瞪圓了眼睛。

自己都被迫奉陪外務省的內山搞那些麻煩的爾虞我詐了，要伊丹幫這點小忙也不為過。

龍崎聽著鈴聲，心裡這麼想。

11

「喂，我是伊丹。」

「我是龍崎。」
「有什麼話忘了說嗎？」
「有點事要拜託你。」
「什麼事？」
龍崎傳達希望動員本廳調查員加入縱火案偵查的要求。
「等一下，你是要我派搜查一課的人給轄區刑事課使喚？」
「這件事交通搜查課長已經答應過我了。我叫交通搜查課長聽電話。」
龍崎遞出手機，土門課長眉頭緊鎖地接了過去。
「我是交通搜查課的土門。」
土門報上名字後，開始說明狀況。似乎談完後，他將手機還給龍崎。
「部長請你聽電話。」
龍崎接過電話。
「你需要幾個人？」
「重案組配合交通搜查課的要求，派了六個人到搜查本部，所以我希望補充相同的人數。」
「六名是吧？好。」
「派人過來是沒問題，但他們必須服從指揮。」
「我只負責請搜查一課長派出人手，接下來的事，你們自己看著辦。」
伊丹的態度令人不滿，但現在也只能接受。伊丹也不是閒在那裡。
「好。」
龍崎說完，掛了電話，收進內袋。
土門課長問龍崎。
「怎麼樣？」
「說會派六個人過來。」
「那太好了。」
「原本這應該是你自己要和伊丹交涉處理的事。」
「我本來是這麼打算的……」
「既然結果如你所說，我也不計較了。不過希望你對自己說過的話負起責任。」

「我知道。」

關本刑事課長開口。

「本廳搜查一課的人，真的願意聽我們指揮嗎？」

他看起來憂心忡忡。

龍崎說：「戶高不是說要盡情使喚了嗎？用這樣的態度去面對就行了。」

「是……」

關本依舊愁眉不展。

偵查的負責人這副德行，教人無法放心。

龍崎想要如此鞭策，但打消了念頭。這樣會造成多餘的壓力。好不容易補充了人力，希望他能妥善處理。

也應該對戶高叮嚀一聲。

「要盡量避免和本廳調查員起衝突。」

龍崎說，戶高應道。

「署長怎麼說這種話？我可沒有惹事生非的念頭。」

「就算現在沒有，也有可能演變成那種狀況。我是要你極力避免。」

「意思是就算對方耍大牌，我們也要忍氣吞聲？」

戶高面露挖苦的笑說。龍崎點點頭。

「這種事也是有可能的。我是希望你成熟應對。」

戶高冷哼一聲。

「成熟應對喔……」

總之，龍崎滿足戶高的要求了。從本廳要到填補搜查本部的人力，接下來只希望刑事課善加運用。

龍崎決定回署長室。

快中午了。起碼午飯想要悠哉地享用，他這樣想。

一用完午飯，頓時睏倦了起來。是昨晚的睡眠不足作祟。

龍崎繼續蓋印章，但公文內容幾乎沒有看進腦袋裡。他覺得徒具形式地蓋印毫無意義，但警視廳就是重形式，甚至有「形式廳」之稱。

反過來說，只要形式完備，公文就不會被找碴。

龍崎深切地覺得公家機關毫無效率可言。但是要進行改革，卻是困難重重。

公務員會巧妙地模糊掉責任歸屬。這是長年來在公家機關培養出來的虛與委蛇工夫。若是推動變革，讓公家機關的程序變得更有效率，或減少傳遞的文件，就必須要有人負起責任。

公務員痛恨「責任」這兩個字，同時最愛「慣例」這兩個字。

以前就是這麼做的，沒道理自己要負責——這是公務員的基本心態。

這種德行，也難怪國家會動脈硬化。經費撙節也推動不起來。

即使受人批評，公務員也不為所動。因為他們相信自己沒有做錯事。

同時公務員自認為比起批評的人，自己更要優秀傑出。特別是菁英官員，更是如此。龍崎自己就是特考組菁英，深諳這種心理。

公文讀著讀著，文字不時有重影。

這樣不行。

龍崎思考有沒有什麼驅逐睏意的方法。這時手機剛好震動了。

是女兒美紀打來的。

「怎麼了？」

「我連絡上忠典了。」

語氣很抱歉。

「你直接跟他說上話了嗎？」

「對，我跟他通電話了。忠典的公司通知說確定他平安無事，所以我打電話給他，結果他接了。」

與其說是鬆了一口氣，更覺得有種落空之感。

不過最重要的是忠典平安無事。

「他果然不在失事的班機上。」

「對。他說本來要搭那班飛機，但前一天取消了……說什麼莫斯科的生意臨時延期……他抱怨說俄國人都會隨便更改預定。」

「但忠典有收到你的電郵吧？他明知道你心急如焚，為什麼不馬上跟你報平安？」

「他說是系統故障。說不知道為什麼，可是網路就是突然不通。那邊有時候好像會這樣。」

「這樣啊。」

除此之外，龍崎想不到還能說什麼。

「不好意思大驚小怪了。我應該更冷靜一點處理的……」

「因為打聽不到消息，這也沒辦法。你會擔心是當然的。」

龍崎心想，不能太相信電子郵件。有些國家，基本通訊設施是坑坑洞洞。並非每個國家都像日本這樣，隨時都維持著良好的通訊狀況。

不光是透過電子郵件，也應該利用傳真等方法詢問狀況的。但現在再向女兒說這些也都太晚了。

「總之，幸好忠典沒事。你打電話跟你媽說了嗎？」

「等一下就打。」

「好。」

「不好意思讓爸擔心了。」

「沒關係。拜。」

龍崎掛了電話。

接著嘆了口氣。如果早點知道忠典平安，或許就不用打電話給外務省的內山了。

就因為打了電話，惹上了麻煩。

埋怨也沒用。已經跟內山說上好幾次話了。內山想要利用龍崎。

伊丹叫龍崎反過來利用內山。

既然伊丹這麼說，我就做給他看。不過這不是為了伊丹。在外務省有自己的人脈，或許會在往後派上用場。

龍崎不可能永遠在大森署當署長。雖然他遭到左遷，但等到風頭過去，應該又會回到和其他特考組相同的軌道。未雨綢繆，和內山建立起良好的關係或許也不壞。

只看事物不好的一面也沒用。應該努力讓一切都能為自己所用。

龍崎認為，只要稍微轉換一下觀點和發想，就能做到這一點。

美紀的來電，讓龍崎整個人睡意全消了。

光是這樣就值得了，他決定這麼想。

忠典平安的消息，應該通知內山嗎？

龍崎尋思了一下。思考期間，手仍幾乎全自動地蓋著印章。

應該以誠待人。這是為了避免有任何虧欠。這才是兵法之道。

如果只因為麻煩，就當做沒這回事，往後有可能因此受到指責。

如果對方不好對付，這些地方就更應該做得更無可挑剔。龍崎覺得還是該打電話通知一聲。

內山立刻接電話了。龍崎旋即開口。

「小女通知我，說她直接連絡上朋友了。」

「這樣啊。」內山的聲音完全是平靜的。「那太好了。他果然不在那架班機上呢。」

「聽說原本預定要搭，但在前一天取消了。」

「他運氣真好。」

運氣好……

龍崎很少用這種角度看事情。

「或許是吧。」

「署長特地來通知我嗎？」

「驚擾您了，得向您說聲抱歉。」

「沒事的。那，後來命案有什麼進展嗎？」

「我和伊丹談過了，案情好像沒有什麼新進展。」

「伊丹刑事部長怎麼看這起命案？」

伊丹正為了與公安拉鋸而焦頭爛額，這件事絕對不能從龍崎的口中洩漏出去。

會被外務省得知警察內部的紛擾。

不能以為是私人對話就輕忽大意。內山應該會想要利用所有的情報，為外務省派上用場。

當警方的偵查遇上瓶頸時，外務省也有可能搬出刑事部與公安部的對立來說嘴，然後藉此插手辦案。

不能把案子交給忙著內鬥的警方——就是這種說法。

「我不知道伊丹是怎麼想的。」龍崎謹慎地說。「他應該很嚴肅地在偵辦這起刑案。」

「之前署長說殺人動機有可能和死者生前的職業有關，關於這一點，能不能請署長更進一步說明一下……？」

龍崎思考應該怎麼做。

他感覺得到腦袋正在高速運轉，正在模擬一切可能的情況。

也就是對方會如何依據龍崎的回答進攻。

停頓太久不好。會引起對方的懷疑。

「因為兇手有可能是外國人。」

龍崎如此回答。內山應該早就想到了。這件事龍崎也告訴過伊丹了。

龍崎判斷這個回答在容許範圍內。

「外國人……？是哪一國人……？」

「不知道。我也說過許多次，偵查情報不會逐一匯報到我這裡來。兇手可能是外國人這件事，其實也是我和伊丹私下談話時提到的可能性而已，並非警方正式聲明的內容，所以請務必不要外傳。」

「當然，這我明白。」

龍崎很清楚，即使叮囑不要外傳，也是白費工夫。

兇手可能是外國人的情報，八成已經在檯面下傳開了。

內山說他清楚保密原則，這一點或許會在日後綁住他自己。

想到這裡，龍崎忽然察覺。

搞什麼，我這不是被伊丹挑唆，開始陰險地和內山交涉起來了嗎……？

既然要做，就要做得徹底。沒有這樣的覺悟就會失敗。有可能落得徒然遭到利用的下場。

龍崎決定假裝提供情報，發動攻勢。

「昨天上午九點左右，大森署轄內發生了一起肇逃事故。」

「肇逃……？」

由於龍崎突然改變話題，內山的聲音轉為困惑。

「是的。因為是相當惡質的案子，目前大森署已成立搜查本部，由警視廳的交通搜查課指揮辦案。」

「惡質的案子……？」

「被害者死亡了。現場沒有煞車痕，因此無法否認肇事者是故意撞死人的可能性。」

「也就是凶殺嗎？」

「警方也不排除這個可能性。問題是此案的死者……」

「怎麼了嗎……？」

「新聞已經報導了，您不知道嗎？死者名叫八田道夫，六十二歲，以前待過外務省。」

「等一下我立刻查新聞。」

這是謊話，龍崎心想。

退休人員遇到肇逃事故。考慮到六十二歲這個年齡，省內應該還有許多人認識他。

就像龍崎告訴內山的，電視和報紙都已經報導了。內山說他不知道，實在太不自然。

這些謊言，或許也會在將來成為他的弱點。龍崎身為警察官，絕對不會放過這類漏洞。

「這件事沒有在外務省引發話題嗎？」

「我也不清楚，畢竟外務省是個大機關。我們單位沒有人討論，但其他單位不一定也是如此。在那位八田先生退休前的單位，應該會引發熱議……」

「現職與退休人員相繼遭遇不幸，而且兩人極有可能是慘遭殺害，這有可能只是巧合嗎？」

一段沉默。

內山應該也和龍崎一樣，正拚命思考吧。不久後他說：「有可能是巧合，也有可能不是。警方會查明究竟是怎麼一回事吧？」

這話聽起來有點消極，或許可以說不像內山的作風。

畢竟在這之前，內山一直都是強勢進攻。

龍崎第一次有了占上風的感覺。

「當然，偵查就是為了找出真相。不過我們需要線索。再怎麼瑣碎都好，我想要線索。這兩名死者之間，有沒有什麼共通之處？」

「就像署長說的，他們都在外務省工作。」

「在省內，他們兩位有沒有什麼特別的關係？」

「這我就不清楚了。」

龍崎刻意停頓了幾拍才開口。

「我想也是呢。」

「什麼……？」

「我也不認為您對外務省的大小事瞭若指掌。」

「署長說的沒錯。」

「因為我也是如此。」

「什麼意思？」

「我也並非全盤掌握警方正在偵辦的一切案件細節。還希望您能理解這一點。」

「這樣啊……」

內山說完，又沉默了一陣子。

「署長的意思是，您為我費了一番辛苦，是嗎？」

「簡而言之，就是如此。」

「我也為了全祿航空的事費了一番心血……」

「我十分感激，並且為驚擾您而道歉了。」

「我明白了。看來我也應該再辛苦一下。」

龍崎沒有應話。

內山說：「那麼，先說到這裡吧。」

電話掛斷了。

12

下午四點過後，齋藤警務課長過來說：「本廳的搜查一課人員過來了。他們說是接到特命……」

「特命……？」

龍崎一時納悶這是在說什麼。

「是的，說是刑事部長的特命……」

原來如此──龍崎恍然。

又不是成立搜查本部，卻必須將本廳搜查一課人員派到轄區警署。若沒有讓人接受的理由，難以執行。

因此伊丹採取了「特命」的形式。真方便的詞。實際上是轄區的幫手，但說是「特命」，似乎就煞有介事。

「叫他們接受關本課長的指揮。」

「這個嘛……」

齋藤警務課長的表情沉了下來。

「怎麼了？」

「他們說想過來向署長致意。」

「不用致什麼意了。快點就定位辦事就行了。」

「我也這麼認為，但形式上他們是奉刑事部長的特命過來的……」

首先必須拜會轄區警署首長致意才行，是嗎？為什麼警察官就是沒辦法單純地投入工作？

應該是因為工作內容難以得到肯定吧。所以才會執著於職位和立場。

如果是業務員或銷售員，工作成果會反映在數字上。但警察的工作卻無法如此，有一部分全靠自尊心在支撐。這一點龍崎也不是不能理解。

「好。」龍崎對齋藤課長說。「讓他們過來。」

「是。」

齋藤課長顯然鬆了一口氣。他動輒就會成為夾心餅。他就是這種個性。

六名調查員進入署長室。每個人都筆挺地穿著黑色系西裝，底下則是白襯衫。

西裝衣領都別著相同的徽章。是紅底鑲金字「SIS」的圓型徽章。有人說這只是「搜查一課調查員」的日文發音首字母，但他們自己深信是「Search 1 Select」的簡寫。

亦即他們是萬中選一的調查員。

龍崎強烈地感受到他們的自負，心想或許狀況會比想像中的更棘手。可能沒辦法單純地找來調查員幫忙，然後就此結束——看到他們神情的瞬間，龍崎便如此感受到。

三名老手，三名年輕人。這樣的人員組成，應該是派出平時便搭檔辦案的三組人員。

感覺經驗極豐富的一人開口。年約四十五左右。

「我是搜查一課的早川，奉部長特命前來。從現在開始，我們六人將交由署長指揮。」

「交由我指揮？刑事部長這麼說嗎？」

「是的。我們如此奉命。」

這樣也好。

「好。先報上你們的階級和姓名。」

「名單準備好了。」

早川向年輕人之一使眼色。年輕人動作俐落地從內袋掏出一張紙，恭敬地雙手奉上給龍崎。

上面列出六人的姓名、年齡和階級。

第一個是早川正俊，四十五歲。階級是警部補。四十五歲做到警部補，這升遷的速度有些微妙。

但調查員的價值不在階級。

第二個是原島幸男，四十三歲，警部補。接下來是小谷涉，四十二歲，警部補。

三名年輕人則分別是：

根本一彥，三十三歲，巡查部長。

牧村正，三十二歲，巡查部長。

千原真吾，三十歲，巡查。

龍崎逐一點了每個人的名字，記住回答的人。有人說過，能把名字和長相連在一起，是公關小姐和警察必備的資質，龍崎覺得黑道應該也是。

「去警務課找齋藤課長。」龍崎說。「請他把這份名單影印一份，送到刑事課去。」

「影本我們準備好了。」

不愧是搜查一課，做事滴水不漏。

「那麼，去問齋藤課長刑事課的位置。刑事課長名叫關本。你們要聽從關本刑事課長的指揮，偵辦縱火案。」

龍崎已經有了遭到抗議的心理準備，然而意外的是，早川當場回應。

「是的。我們會立刻投入偵查。」

「我得聲明，這起案子不是本廳主導，完全是大森署的案子。這一點你們理解吧？」

「我們聽說目前貴署與本廳交通部交通搜查課共同成立了肇逃案的搜查本部，因此調查員不足。我們是前來支援的。這是我們的認知。」

這話聽來非常可靠。

但龍崎卻認為不能照單全收。搜查一課的人究竟能夠扼殺自己的自尊到什麼程度？

只要搜查本部成立，搜查一課的人都會把轄區警署的調查員當成帶路小弟使喚。龍崎看過太多這種人了。

然而實際上，由搜查一課掌握主導權更有效率，也是事實。這一點龍崎同意。

搜查一課人員毫無疑問個個傑出優秀。讓優秀的人主導，極為合理。

儘管這麼想，但身為署長，也必須考慮到署員的士氣。

關本能掌控到什麼地步，也只能讓他表現了。若是有什麼狀況，只好由我來出面處理。

龍崎望著走出署長室的六人，如此心想。

懸而未決的事愈積愈多。真正解決掉的就只有忠典的問題。雖說解決了，但也由此衍生出內山的問題，因此狀況絲毫沒有好轉。又欠了伊丹一個人情。

伊丹或許也會想要利用這個人情。他就是這種傢伙。

不能說這樣就是不好。兩人身處的職場，無法事事冠冕堂皇。面對媒體時，伊丹表現得宛如潔白無瑕的正人君子。在部下面前，則扮演明理的好上司。

龍崎這麼想。

如果伊丹純粹就是這樣的人，或許我老早就不再和他打交道了。

龍崎知道，比起表面形象，其實伊丹是個更頑強的人。所以做為警察官員，他才足以信任。

希望今天能就此風平浪靜地結束。被凌晨的火警吵醒後，龍崎就沒有再回去睡覺。他想快點回家，然後喝一罐啤酒，早早上床補眠。

下班時間過了三十分鐘以上的六點左右，龍崎終於處理完公文了。比平常更早結束。

雖然可以直接回家，但他覺得離開之前，最好還是去肇逃案的搜查本部露個臉。實質上主持偵查的是土門交通搜查課長，但龍崎好歹也掛名了搜查本部幹部。

儘管提不起勁，但責任就是責任。他對還沒下班的齋藤警務課長交代了聲「我會在搜查本部」之後，前往大會議室。

柿本和伊丹坐在高一層的主位上。龍崎有點驚訝。居然有兩名警察本部的部長蒞臨，這案子到底是有多重大……？

伊丹發現龍崎，明朗地向他點頭，柿本則一臉複雜地低頭行禮。

從柿本的職位來看，龍崎是下級，但論期數卻是學長。遇到降職人事，就會碰到這種扭曲的現象。

柿本一定感到很彆扭。龍崎並不在意。兩人的關係，柿本去煩惱就行了，對龍崎來說，就只是交通部長和轄區署長而已。

龍崎在高台座位一坐下，伊丹便向他搭話。

「見到調查員了嗎？」

「他們說是特別命令？」

「對。我派出了搜查一課的精銳部隊，要感謝我啊。」

「我是為了公務請你派人手過來，我個人沒有必要感謝你。」

「你這人真的很妙。就算聽你這麼說，也不會覺得火大。」

「我只是把心裡的話老實說出來而已。」

「一般人這麼做，是不會被容許的。」

就龍崎來看，他不懂為什麼不會被容許。追求合理，沒有必要猶豫。私生活姑且不論，他認為公務上理所當然應該這麼做。

「你說他們是精銳部隊？」

「對，是特命搜查第一係的成員。」

「那是專門處理懸案的部門吧？」

「沒錯。但除此之外，也會偵辦像這樣的特命案件。」

警視廳搜查一課長底下有兩名輔佐人員。一名是理事官，底下有六名重案搜查管理官，每一名管理官負責三到五個係。

另一名輔佐人員是特殊犯罪對策官，底下有第七重案搜查、第一特殊犯搜查及第二特殊犯搜查的管理官，亦管理被稱為SIT的特殊犯搜查係。

而特殊犯罪對策官底下，還有特命搜查對策室的管理官，統轄特命搜查第一至第六係。原本懸案都由重案搜查第二係負責，但後來新成立了特命搜查對策室，改由此部門負責。

「我第一次聽到特命搜查係也偵辦懸案以外的案子。」

「這個前例由我來開。特命班就是為此存在的。」

龍崎覺得伊丹的這種做法值得肯定。他有時會做出保守消極的公務員不敢做的事。

「我還以為會從第七重案搜查派人來……」龍崎說。

在第七重案搜查底下，有縱火犯搜查第一到第三係。也就是偵辦縱火案的專家群。

「我覺得要是那些人過來，反而會讓事情變得複雜。」

確實如此。

這方面的專家，應該無法完全克制身為專家的驕傲。實在不可能乖乖聽從轄區刑事課的指揮辦案，一定會凡事都想掌握主導權。

不知道伊丹是不是真的設想到這麼多。也有可能只是因為第七重案搜查分身乏術。

但龍崎決定這次相信本人的說法。

「我又和外務省的內山連絡了。」

「對了，美紀的男朋友怎麼樣了？」

「好像沒事。他似乎沒有搭上失事的班機。」

「那太好了。」

「是啊，虛驚一場。」

「那，東大井的命案，你從內山那裡問出什麼了嗎？」

伊丹掃視周圍，壓低音量。他就愛擺出這種密談般的態度。雖然也可以說是小心謹慎，但龍崎總覺得只是做作。

他們坐在架高講台的主位，而且本來就小聲交談，其他人實在不可能聽得到他們的對話內容。

「我只是單方面地被他問話，根本沒問出什麼。」

「單方面地被問話而已？這一點都不像你。」

「這又不是我的案子。」

「就說不是計較這些的時候了。」

這說法太自私了。

「我向他承認兇手可能是外國人這一點。」

「對方有什麼反應？」

「他當然想知道是哪國人。但這方面的事我也不知情。」

「好。」

伊丹只這麼回應。

「我問了他肇逃受害人的事。內山說他不認識死者，也不清楚這個案子是否在省內引發話題，但八成是撒謊。」

伊丹正色問：「你認為東大井的命案和這起肇逃案有什麼關聯嗎？」

「我不可能知道有沒有關聯，但一個是外務省的現職職員，另一個是退休官員，有必要進一步調查吧。」

伊丹尋思片刻後說道。

「那，接下來你打算怎麼對內山發動攻勢？」

「完全沒概念。」

「這太不負責任了吧？你都已經向內山洩漏東大井命案的兇手可能是外國人了。」

「如果真的是外國人，遲早會公開，對吧？」

「有必要調查一下若尾光弘和八田道夫的關係嗎……？」

八田道夫是肇逃案的死者，但另一個名字龍崎第一次聽說。

「若尾光弘？這誰？」

伊丹意外地看向龍崎。

「東大井命案的死者啊。名字已經見報了。」

「我不關心，所以沒印象。」

「那現在立刻關心吧。若尾光弘，四十一歲，職位是課長輔佐。」

「我會記住。」

調查員陸續回來，大會議室裡熱鬧起來。

龍崎原本打算露個臉後立刻回家，但這下無法脫身了。昨天和今天都漫長難熬。他很累，也餓了。

因為和伊丹說話，結果錯失回家的時機，很快地，土門交通搜查課長宣布偵查會議開始。

沒辦法，只能參加會議了……

龍崎看著發下來的資料，聆聽調查員的報告。但也只是聽著而已，左耳進右耳出。

他覺得也沒必要專心。總得找機會透個氣，否則會爆炸。

會議中公開了目擊情報及監視器畫面的分析結果。每一名目擊者都指稱撞到被害者的車沒有減速，拐過十字路口逃逸。

監視器畫面也可以證實這一點。

依舊沒有車牌號碼的線索。監視器也沒有拍到車號。雖然有監視器，但也不保證能捕捉到所有想要的畫面，只能看運氣。

逃逸車輛仍然下落不明。車子在「八幡大道入口」的十字路口左轉，駛進第二十七號輔助線。

也就是往南方開去。接下來的路徑不清楚，也沒有目擊情報。可以拍到對象車輛的位置不巧都沒有監視器。

結果，等於是從今早開始，偵查都沒什麼進展。

正當龍崎這麼想，土門課長宣布。

「好，從現在開始，全案朝命案方向偵辦。」

龍崎聞言吃了一驚。

斷定是命案。及早決定方向不是壞事，但現階段就認定是命案，妥當嗎？

如果龍崎認真聽了全部的報告，應該可以認同這個決定是對的。但他卻有些置身事外地參加會議，因此迷迷糊糊。

土門課長繼續說：「此外，因為是命案，往後更需要刑事部及大森署刑事課的配合。」

伊丹怎麼想？

龍崎望向伊丹的側臉。伊丹神色不變。看來伊丹也認為朝命案偵辦沒有問題。

這樣的話，那也無妨。

他以為既然是命案，就應該由刑事部負責，但似乎並非如此。

此案一開始是大森署的交通課與本廳交通搜查課偵辦的，應該會由土門負責到最後。

雖然是命案，但犯案工具是車輛，因此更接近交通案件。在追查逃逸車輛及道路鑑識方面，交通部的角色還是很重要。

土門課長發言完畢後，伊丹開口。

「好，我會從刑事部派出負責命案的調查員。」

真大方。

龍崎想，若是有本廳的命案偵查人員加入，便可靠多了。或許大森署的負擔也能減輕。

聽到伊丹的話，柿本交通部長說道。

「既然是命案，不同於一般的交通案件，也必須調查死者的人際關係，能有命案偵查人員加入，如虎添翼。」

土門課長也接著說。

「既然本廳加派調查員，也希望轄區警署能增加人力。」

這話顯然是在對龍崎說。

不僅沒有減少負擔，毋寧相反。龍崎覺得這簡直開玩笑。

或許又要上演相同的爭論。

該如何反駁才好？

龍崎盯著桌面尋思起來。

13

「既然都要派出偵查命案的專家了，轄區就不用了吧。」

伊丹不悅地說。他這表情效果十足。

柿本交通部長慌張地說：「說的是……有了搜查一課加派的人力，就可以放心了。人員方面，這樣應該就足夠了。」

伊丹依然臭著臉，沒有抬頭，微微點了點頭。柿本是顧慮到學長伊丹和龍崎的面子。

得知龍崎是自己的學長，柿本肯定十分綁手綁腳。感覺比起土門課長，柿本變得乖順許多。

因為他是特考組吧，龍崎心想。

土門課長應該不是特考組出身。特考組之間，有一種只有自己人才懂的關係。同樣地，也有特考組才能體會的複雜上下關係。

兩名部長都這麼說，土門課長應該也無法反駁了。

又被伊丹幫了一把。他正不斷地從龍崎身上贏得分數。或許伊丹認為可以藉由占據優勢，來自由操縱龍崎。

豈能讓你趁心如意？

龍崎思忖。

伊丹要幫龍崎說話，是他的自由，但龍崎沒必要對他感到恩情或虧欠。

自己怎麼會一直沒發現這個事實？看來龍崎差點忘了原本應該最為重視的合理性。

人是需要休息的。會議結束後，立刻回家補眠吧。龍崎私下決定。不管誰說什麼，都要把回家休息放在第一優先。

無論如何，多虧伊丹開口，避掉了討論要大森署派出更多人力加入搜查本部的問題。

土門課長對調查員下達實務指令後，結束會議。

龍崎準備離席回家，伊丹叫住他。

「我要回去大井署的搜查本部了，在那之前，要不要一起去吃晚飯？」

「我要回家吃飯。」

「我想跟你討論一下東大井的案子。」

「我沒必要參與更多了。」

「或許外務省的內山又會連絡你。」

「我會告訴他，那已經不關我的事了。」

龍崎清楚自己已精疲力盡，情緒變得有點糟。但伊丹似乎全不理會。

「如果這起肇逃案和東大井的案子有關，你也不能說這種話了吧？你也是這個搜查本部的副本部長之一。」

「兩者確定有關嗎？」

伊丹皺眉頭。

「還不清楚，但有這個可能性。這麼一來，你也不能置身事外。應該現在就積極參與吧？」

「我就說沒這個必要了。辦案的事交給調查員。我是署長，沒必要親自指揮辦案。」

「不，指揮辦案也是署長的責任。你不是一直在實踐這一點嗎？」

「管理者有管理者的責任，這樣罷了。」

伊丹咧嘴一笑。

「嘴上這麼說，但你總是會跑到前線指揮。」

「我跟你不同。」

「別囉唆這麼多了，陪我吃個飯吧。」

「不，今天我要回家。我已經決定了。」

伊丹點點頭。

「好吧。那再找時間談。」

龍崎決定快點離開搜查本部。萬一又被土門逮住，可能又會有一場風波。

他打算先回署長室一趟再回家。

來到署長室，齋藤警務課長還沒走，龍崎有些驚訝。

「你還沒下班？」

「署長還沒下班，我不可能先走。」

「我不是總說不用管這些虛套嗎？你又不是我的保母。」

「保母……」

「有什麼事嗎？」

「有一則口信。」

「口信？」

「緝毒官矢島先生來電。」

「是什麼事？」

「他說會再打來。」

矢島或許在等龍崎回電。想想他昨天的態度，他一定認為龍崎理應回電給他。

「好。」

「署長要回電嗎？」

「不，既然對方說要打來，就等他打來吧。我要回家了，你也下班吧。」

「好的。」

齋藤看起來有些擔心。或許是覺得龍崎最好打給緝毒官矢島。

今天龍崎已經不打算再做任何事了。他前往警署玄關，和正從外面回來的戶高擦身而過。戶高和搜查一課的年輕人在一起。

是巡查部長根本。根本恭敬地向龍崎行禮，但戶高只是點了點頭。

看來目前戶高和根本處得不錯。

龍崎本來想招呼一下，但打消了念頭。搞不好會打草驚蛇。今天最好就這樣乖乖回家。再拖拖拉拉下去，緝毒官矢島搞不好會打電話來。

龍崎正要經過，戶高主動開口了。

「啊，署長。」

龍崎悄悄嘆了口氣，停步回頭。

「什麼事？」

「不愧是搜查一課，太可靠了。」

龍崎瞥了根本一眼。

「你這話不是在諷刺吧？」

「諷刺？怎麼會呢？多虧了他們，刑事課省了好多事。」

「那太好了。」

戶高不可能只為了說這些而特地叫住龍崎。龍崎摸不透戶高的存心。

「課長罵我，說我不該直接找署長談判。可是呢，只要是必要的事，往後我一樣會直接去跟署長說。」

龍崎點點頭。

「很好。我也覺得這樣辦事才能更迅速、更圓滑。」

「意思是署長不只是聽取課長報告，也會接納我們第一線人員的意見，是吧？」

「當然。」

「我就是想確定這件事。也就是說，這是我和署長的共識。」

「共識……？」

「我希望署長可以對課長說清楚這一點。」

原來如此，這傢伙是不爽挨課長的罵。

「有機會我會告訴他。」

「請署長保證。」

敢這麼大剌剌地對署長説話的署員也很罕見。戶高看起來完全不畏權威。不，也許他只是在這麼包裝自己。

龍崎覺得他應該是對自己的偵查能力有自信。這不是壞事。

「我保證。」

戶高點點頭離開了。

唉，總算解脱了嗎？

龍崎想，正要邁開腳步，卻傳來齋藤警務課長的聲音。

「啊，署長，太好了，您還在。緝毒官矢島先生來電。」

龍崎忍不住呻吟。

只能回去署長室了。雖然也可以命令齋藤轉達他已經回家了，但這不是龍崎的作風。

他回去辦公桌接電話。

「我是龍崎。」
「昨天討論過的事，我想要進一步詳談。」
「昨天討論過的事……？」
「也就是我們雙方的情報交流。」
「我記得您說過，要警方不要碰你們的案子。」
「和你談過以後，我思考了許多。兩個組織分頭偵查同一批罪犯，實在浪費資源。」
「我知道了，明天我們好好談一談吧。」
「如果能夠，我希望盡快談出結果。」
「就算現在談，也得明天才能動作。」
「我還以為警方是全天二十四小時待命……」
「警方當然是二十四小時待命，但我可沒辦法每天工作二十四小時。」
「毒品偵查重視的是時機。晚一天逮人，買賣、使用毒品的人就會增加更多。」

「總之，今天我沒有時間，請明天再說吧。」

龍崎不打算配合對方。確實休息，也是管理者的職責。他必須避免遇到緊急狀況，管理者卻力不從心的狀況。

一陣短暫的沉默後，矢島問：「好，明天幾點？」

麻煩事最好趁早解決。

「九點如何？」

「好，我九點等你。」

是在叫龍崎去毒品緝查部。這或許是隸屬於厚勞省的他們的常識。龍崎感覺他果然瞧不起警方。矢島應該沒有惡意，這是他們的體質。

「這是您提出的要求，希望您可以和昨天一樣，過來這裡。」

矢島又沉默了一下。

「好，我九點過去。再見……」

電話掛斷了。

龍崎放下話筒，心想：

這次無論如何真的要回家了。摀住耳朵，頭也不回地前往玄關吧！

然後他真的付諸實行了。

回到家的時候，已經晚上九點多。睡眠不足，導致眼睛深處和脖子疼痛。

「你回來了。」妻子冴子說。「忠典的事真是太好了。聽到消息，我鬆了一口氣。」

「是啊，虛驚一場。應該好好確認一下的。」

「美紀好像反省了，不要怪她。」

「我知道。」

龍崎累到毫無食欲，但他覺得必須補充能量才行，換了衣服坐到餐桌旁。

他出於平時的習慣，喝了一罐啤酒。酒精效果超群，喝完半罐的時候，感覺身體深處放鬆下來了。

他頓時餓了起來，能夠像平常一樣用晚餐了。

用完飯後，他立刻就想鑽進床上。連泡澡都懶了。明天早上再沖澡吧。

正當他這麼想，美紀穿著居家服過來了。她已經回家在自己的房間。

「爸，真的對不起。」

「沒事了。以後做事情之前要先好好確認。」

「是。」

龍崎本來打算就這樣結束話題。但是他忽然想到一個疑問。

「順道問一下，結婚的事有好好在進行嗎？」

美紀露出有些驚訝的表情。這個話題之前也出現過幾次，但她似乎沒想到會在這種情況下被問到。

「怎麼這麼直接？」

「愈簡單扼要愈好。」

「我們還沒有具體考慮。忠典跟我現在工作都很忙……而且，我還正年輕……」

「這跟年齡有關嗎？」

「當然有啦。而且我也想趁年輕，多經驗一些事……」

「具體來說是什麼事？」

「像是旅遊……還有和朋友出去玩，結婚以後就很難有機會了吧？」

龍崎怔愣地盯著美紀的臉。美紀尷尬地看冴子，然後說道。

「怎麼了？我說了什麼奇怪的話嗎？」

冴子說：「我想你爸沒辦法理解那種事。」

美紀點點頭說：「說的也是。爸爸是工作狂嘛。」

冴子說的沒錯，龍崎無法理解美紀的話。

旅遊和玩樂，對龍崎來說並非不可或缺。工作之間若有空檔再去做就行了，是這種程度的事。

當然，龍崎也不可能工作一輩子。但人只要活著，就應該要有某些目標。而那不可能是旅遊或玩樂。

龍崎並不是為了金錢而工作，他是為警察這個組織工作——不，是為國家工作。他認為自己身為國家公務員，這是天經地義的事。

「簡而言之，就是你不想結婚吧？」

「我沒有這麼說。總有一天會結婚啦，大概……」
「對象是忠典吧？」
「還不一定。往後我們兩個會怎麼樣，又還不清楚。」
「這等於是在說你不想結婚。」
「怎麼會？」
「因為你把曖昧不清的部分置之不理。要執行計畫，就必須去除不確定要素。」
「結婚是計畫嗎？」
「當然了。」
這回美紀露出受不了的表情。
「爸是在說，爸和媽結婚也是計畫嗎？」
「人生當中能夠預測到的一切，都可以視為計畫。不管是工作、升遷、結婚、退休，都可以當成計畫的一部分來思考。無法預測的，就只有生病和猝死。所以必須靠保險來未雨綢繆。」

「調職降級也是無法預測的事呢。」

美紀有些挖苦地說。或許她是覺得龍崎的話不中聽，才故意說這種話想激怒他。

然而龍崎完全不生氣。

「沒錯，就像你說的。但只要有穩固的人生計畫，即使遇到這類意料之外的插曲，也能穩妥地應對。」

「確實，現在的我或許不上不下，但人生當中就算有這樣的時期，也無可厚非吧？」

這話也讓龍崎困惑。

他當然也曾為出路的選擇猶豫不決。但說什麼「就算有放棄選擇的時期也好」之類的，他無法理解。

「你們在雞同鴨講。」

冴子斬釘截鐵地說。

龍崎驚訝地看冴子。冴子轉向美紀。

「你爸只是在講道理，而且他真心相信他說的是對的。他說的計畫，並不是謀略那類意義，而是人生藍圖的意思。」

「有點不一樣。」

「你先不要插嘴。然後美紀你說的不上不下的狀態，是做決定之前的思考時間。不想倉促決定而後悔。美紀是這麼想的。」

「不管做出任何結論，人都一定會後悔。」

龍崎說。美紀反駁：

「就是為了盡量減少後悔，才會想東想西吧？」

「我不認為拖拖拉拉地延長這種狀況是對的。」

「好了，到此為止。」冴子說。「總之，忠典平安無事，這是最好的。將來想要怎麼做，接下來再思考就行了。這次的事是個不錯的機會吧？」

美紀忽地沉思下去。片刻後才說道。

「是啊。」

冴子對龍崎說：「洗澡水已經熱好了。」

聽到這話，美紀回去自己的房間了。

「今天不洗了，明天早上再沖澡。今天實在太累了。」龍崎說。

「看來是呢，今天你的腦袋沒在動。」

「沒在動？」

「或者說很遲鈍。不過這也不是這一兩天的事了。」

「這到底是在說什麼？」

「這次的事，讓美紀想要重新思考她和忠典的關係啊。」

「咦……？」

「這是當然的吧？她都擔心成那樣了，忠典卻連主動連絡都沒有。」

「他應該也有什麼理由吧。我聽說是網路系統故障。」

「包括這些在內，或許遠距離交往讓她覺得累了。」

龍崎尋思了一下才開口。

「唔，這是美紀的問題。」

「你是不是在開心？」

「我有什麼好開心的？」

「大部分做女兒父親的，好像都會開心。」

「我並不覺得開心。」

這是真心話。這是女兒自己該決定的事，不管是要交往還是分手，龍崎都無所謂。

「你真的很讓人傻眼呢。」

「我不懂有什麼好傻眼的。我要去睡了。」

龍崎正要去臥室，發現兒子邦彥站在客廳門口。他有種撞鬼的感覺。這陣子邦彥都關在房間裡念書，很少看到他，也幾乎不會交談。

邦彥對龍崎說道。

「姊姊是當事人，所以才沒辦法輕易做決定。」

「你聽到了？」

「在房間裡也聽得到。」

「你要專心唸書，不要為別的事分心。你的目標是東大吧？」

「我知道。我只是想跟爸說句話。」

「說什麼？」

「我可以理解爸的說法。」

邦彥只留下這句話，旋即回去房間了。

這意外之語讓龍崎呆站了好半晌。但他很快就被疲勞所籠罩，前往臥室。

龍崎匆匆鑽進被窩裡。他一覺到天亮，中間幾乎沒有醒來。

14

上午九點整，緝毒官矢島過來了。他進入署長室，和上次一樣，逕自坐了下來。

「我們想要隆東會的情報，盡可能詳細。」

龍崎忍不住反問：「隆東會？」

「你不知道經緯嗎？」

「什麼東西的經緯？」

矢島微微搖頭。

「我們是懷著莫大的覺悟在辦案的。如果你要像前天那樣大發豪語，也希望能拿出相應的表現來。」

龍崎試著想起前天的事。其實在矢島過來以前，他都漫不經心地想著昨晚和美紀的對話。

忠典平安無事。但這件事或許為美紀的心境帶來了某些變化。

應該並不是討厭忠典了。但不難想像，物理上的距離，以及分隔兩地的時間，對她的心理產生了某些影響。

人心是善變的。

龍崎想著這些事，因此無法立刻集中在矢島的話上。

龍崎說：「大森署轄內，毒販之間起了衝突。我們的署員逮捕了毒販。但其實那場衝突，是你們設計的圈套，目的是為了誘出毒販背後的黑幫……是這樣對吧？」

「沒錯。我們盯上的毒販，在背後撐腰的就是隆東會。是關西大組織的三級團體。」

龍崎點點頭。

「那麼，我叫生安課長和刑事課長過來。他們才知道詳細狀況。」

「我只想跟你談。而且也有不能外洩的機密。」

「我信任我的部下。而且關於詳細案情，問負責的課長是最快的。」

「沒必要由我直接跟底下的人談。」

「如果不清楚詳細的來龍去脈，我不知道要跟你談什麼才好。」

「我會說明，然後彼此做出決定就行了。」

「你似乎還是不理解。」

「不理解什麼？」

「我確實說過你可以利用警方，但前提是為了共同的目的，彼此合作。」

「我認為我理解這個前提。」

龍崎搖搖頭。

「你只是想要把警察當跑腿小弟使喚。我不打算重覆前天的議論。那只是浪費時間。」

矢島嘆了一口氣。

「你也真頑固。」

「我只是說了該說的話。」

「好吧。生安課長和刑事課長是吧？只能叫那兩個人來。」

花了十分鐘才走到這個階段。真是浪費時間。

龍崎打內線命令齋藤警務課長。

「叫生安課長和刑事課長過來。」

「好的。」

關本刑事課長馬上就來了。他表情緊張地看矢島。笹岡生安課長則過了五分鐘才到。

「抱歉，有點事無法立刻脫身……」

兩人到齊之前，龍崎勤快地批閱公文。

他重新向兩人介紹矢島。關本課長和笹岡課長各別自我介紹。兩人應該已經明白為何被找來了。

龍崎對他們說：「毒品緝查部從以前開始，就針對這次的案子進行大規模的祕密偵查。緝毒官說希望能正確掌握毒品買賣是什麼樣的規模，以及釐清販賣途徑和供應來源。」

關本和笹岡都沒有開口，顯然對矢島抱有懷疑與反感。厚勞省的毒品緝查部和警方之間有著多年來的深刻對立，然而卻從來沒有人想要解決這個問題，這讓龍崎匪夷所思。細微的修正是有過幾次，也有徒具形式的請求協助的行動，但一直沒有徹底的改革。

行政組織之間缺乏橫向聯繫的弊害，也呈現在這裡。

毒品緝查部和警察。

海上自衛隊和海上保安廳。

這兩者都經常對立，背後牽涉到省廳的面子。毒品緝查部是厚勞省，因為是省，因此自認為比警察廳更高一階。

海上保安廳也是如此。海上保安廳在國土交通省的轄下，地位比以前的防衛廳更高。

龍崎聽說過，防衛廳與防衛省由於在形式上是平級，因此問題更是複雜難解。

他認為司法警察不該彼此對立，而應該統合並更進一步強化。但也有擔憂發展成警察國家的聲浪。

當然，這一點必須提防。問題是要賦與司法警察多大的權力。監視國民、取締言論，這些確實是個問題。但司法警察不可靠的話，問題會更大。人們在議論的時候，總是喜歡混淆這兩者。

龍崎認為，要符合民主精神地運用優秀而強大的司法警察，需要眾多真正有能力的官員。

矢島說：「署長說我們應該彼此合作。我也非常樂意這麼做。因此首先想要和你們討論，要如何處置目前拘留在這裡的毒販。」

笹岡生安課長回道。

「如何處置……？這沒有討論的餘地。一旦備齊違反麻醉藥物及精神藥物管理法和中樞神經興奮劑管制法的證據，就會移送檢調。」

清瘦白髮的笹岡，風貌比起警察官，更像個法律家。

矢島微微蹙眉。

「所以說，我不是來聽這種墨守成規的做法的。我是來討論的。」

「意思是叫我們放人嗎？」

「最好能這麼做。也就是說，我們想要重新來過。放他自由行動，揪出背後的藏鏡人。」

「沒有理由，我們無法釋放已經逮捕的嫌犯。」

「有理由啊。聽清楚了，就算抓再多小蝦米毒販，問題也不會解決。要抓就要抓大魚。重創大組織，才能得到取締毒品的效果。」

笹岡比平常更加面無表情。應該是在生氣。有些人會怒形於色，但也有人一旦動怒，反而會表情木然。笹岡是後者。

「但就算是這樣，也不能放人。」

笹岡向龍崎投以求助的眼神。矢島也看向龍崎。

龍崎開口。

「沒什麼好說的。要是放人，等於是動搖刑訴法的根基。」

「哪有這麼誇張？只要稍微改寫一下文件，睜隻眼閉隻眼就行了。這樣才能逮到背後的大咖。」

「你剛才說，想要重新來過。」

「對。把你們捅出來的婁子一筆勾銷。」

「我前天也說過，我們的偵查並沒有疏失。我也不打算重新再與你討論這一點。」

「嗯，我知道。我希望往後也能繼續已經進行多年的祕密偵查，所以才叫你們協助。」

「就算把逮捕的嫌犯放回去，也沒辦法重新來過。」

矢島訝異地看龍崎。

「沒辦法？」

「被逮捕的嫌犯突然被釋放，當然會懷疑背後是否另有文章。他背後的組織一定也會提高警覺。嫌犯或許會就此銷聲匿跡，最糟糕的情況，甚至可能被組織滅口。」

矢島似乎在思考龍崎的話。一會兒後才開口。

「那你說要怎麼做才行？」

「應該找到新的目標。那樣一來，我們也才有辦法協助。」

「說得簡單，但同一招不可能用第二次。」

龍崎問笹岡生安課長。

「你們抓到了一個毒販，後來那個地區的毒品買賣消失了嗎？」

笹岡搖頭。

「應該會有其他毒販接下地盤繼續做生意。毒蟲只要毒品用完了，就會不擇手段弄到手。需求絕對不會消失。」

龍崎看矢島。矢島仍舊一臉思索的表情。

「這我當然知道。但要掌握狀況，又需要一段時間。是在什麼地點、怎麼做生意？是從哪裡進的貨……？必須確實掌握這些事情才行。」
龍崎說：「也就是這部分有合作的空間吧。」
「你們要提供情報？」
「這次的事，最大的問題是緝毒部沒有將計畫告訴我們。倘若你們要採取放任目標行動的方針，我們是可以遵循。」
矢島又沉思起來。
龍崎更進一步。
「你剛才說想要某個幫派的情報對吧？」
矢島露出有些措手不及的表情。
「對，隆東會。我們設計上演毒販衝突，好不容易才把他們逼出來了。」
龍崎問關本刑事課長。
「關於這個隆東會，你們知道什麼嗎？」
「當然，他們的事務所就在我們轄內。」
「也有調查員和那個幫派關係不錯吧？」

「是的。黑道組織單位的調查員裡有負責隆東會的人員。」

龍崎對矢島說：「隆東會的動向，我們應該能某程度掌握。若是遇上我們署應付不了的狀況，也可以請本廳的組織對策部支援。」

「我聽說警方負責黑道的單位與黑幫經常彼此勾結。要搜索事務所的時候，也會事前放出消息，搜到噴子和本刀回來就滿意了。」

噴子是手槍，本刀是日本刀的黑話。看來矢島喜歡用和警察一樣的行話。

「過去也是有這樣的情形，但時代已經不同了。警方會以強硬的態度面對黑幫。」

「但沿習已久的體質，不是一朝一夕能改變的。」

「即便其他地方有這樣的情況，在我的署裡也絕不允許。」

「原來如此……」矢島以打量的眼神看龍崎。接著目光轉向兩名課長。

「你說他們可以信任？」

「對。」

「我最擔心的就是消息走漏給媒體。刑警周圍總是有記者轉來轉去。」

「他們兩個應該都很清楚事情的嚴重性。我會要他們對部下確實下達封口令。」

一段無言的沉默。矢島不停地在思考。憑他的權限，能夠決定多少事？龍崎評估著這一點。矢島不可能是單獨偵查。他的背後應該有許多緝毒官。

他是帶著什麼樣的權限來到此地的？

「好。我想要談談實務。」

「請直接跟他們兩位談。偵查不是我的工作……」

「喂，你該不會把事情丟給底下的人，自己跑去納涼吧？」

「我沒有這個意思。因為你說要談實務，我認為應該和課長談，如此罷了。我也會聽，請三位就在這裡談吧。」

「好吧。」矢島對兩名課長說。「你們坐吧。」

在這之前，矢島雖然坐著，但關本和笹岡都是站著說話。這裡也一清二楚地顯現出厚勞省的優越感。

矢島說：「那麼我就聽從署長的提議，尋找新的目標。請你們提供手上已經掌握的毒販的情報。」

笹岡說：「意思是要我們單方面地提供情報嗎？」

矢島板起臉來。

「不是。如果我們有什麼動作，也會連絡你們。」

「好。」

矢島問關本課長。

「負責黑幫的單位裡面，有沒有人在隆東會裡有S？」

「這是個別調查員的祕密，我必須再去查才行。」

「馬上去查。這是重要的情報來源。」

「我會試。」

「不是試，叫你做就立刻去做，現在立刻。」

龍崎不想插口，卻無法默不作聲。

「我們是說要協助，並不是聽從你的指揮。」

「和我們合作，就是依我們的做法去做吧？」

「不是，而是我們會盡量配合。現在我們的刑事課忙得不可開交，我不希望再增加他們多餘的工作。」

「增加多餘的工作也是自找的。誰叫你們要抓走我們故意放行的毒販。」

又要扯到這頭上？龍崎厭煩極了。他已經不想理矢島了。

「連絡方法怎麼辦？你該不會像公安一樣，說不能用手機連絡吧？」

「當然可以用手機。我會告訴你們號碼，你們也把號碼告訴我。」

三人交換手機號碼。結束之後，矢島看向龍崎。

「還有你的。」

龍崎不想透露，但如果在這時候抗議，或許矢島又要不高興了。龍崎說出號碼。

三人在討論的時候，龍崎繼續蓋印章。邊蓋章邊聽討論。

不久後，矢島結束討論。

「那，隆東會的S那件事，立刻幫我查。」

兩名課長做出含糊不清的回應。

站起身的矢島一臉受不了似地對龍崎抱怨。

「你老是在蓋印章。」

「請看看那張桌子上的公文。那些公文必須全部批完才行。」

「當到署長也真辛苦呢。」

矢島以毫不同情的口氣說完，離開署長室。

「真是，他自以為是誰？」

笹岡不甘心地說。關本以譏諷的口吻應道。

「是厚勞省大人啊。」

這樣的對話也讓龍崎厭煩。

「好了，快點照著討論的結果去做。我們這邊動作太慢，他不曉得又要說什麼了。讓他見識一下大森署員的厲害。」

笹岡說：「他說是大案子，但到時候逮捕的功勞，會被他們搶去吧。」

「問題不在這裡。能從日本清除掉一個毒品買賣的巨大管道，這才是最重要的。」

「我明白了。」

笹岡以有些反省的態度說，接著行了個禮離開了，但關本還留在原地。

「怎麼了？有什麼事嗎？」

「是的。關於搜查一課派來的那些人……」

關本顯得難以啟齒。或許出問題了。

昨天龍崎看到戶高和根本，但兩人並沒有針鋒相對的樣子。這麼說來，也應該向關本說一下他和戶高的「共識」嗎……？

龍崎手上繼續蓋章，開口了。

15

「搜查一課的人不聽指揮嗎？」

龍崎問，關本刑事課長態度含糊地回答。

「不，他們表現得非常好……」

「那麼，有什麼問題？」

「他們只願意偵辦縱火案。」

龍崎一瞬間不明白關本在說什麼。

「他們是來協助縱火案偵查的，這樣不就好了嗎？」

「是這樣沒錯，但站在我的立場，我希望他們完全是來補強我們署的重案組人力。」

「什麼意思？」

「也就是說……」關本課長算是有話直說的人，然而現在他卻顯得支支吾吾。「轄區刑警不可能只專心辦單一案子。在偵辦縱火案的期間，如果發生新的案子，那邊也必須偵查才行。」

「這是當然。」

「但搜查一課的人似乎認為他們只是來辦縱火案的。」

「實際上發生了什麼問題嗎？」

「不，幸好目前沒有演變成他們必須處理其他案子的狀況，但遲早會遇到這種情形。」

「我不太懂。」龍崎蹙眉說。「你到底在擔心什麼？」

「我拿捏不定，到時候能不能要他們也偵辦其他的案子。」

龍崎說不出話來。

堂堂一個刑事課長，為什麼非得對調查員小心翼翼到這種地步不可？如果發生其他案子，不用想東想西，直接分派人員去辦就對了。

警視廳的搜查一課對闢本來說，或許果然非常特別。但顧慮這麼多，根本不用工作了。

搜查一課的人員因為優秀，所以才會被另眼相待。正因為優秀，應該盡量讓他們發揮所長才對。

「首先，你在問題發生前就來找我商量，這一點我予以肯定。」

「是……」

「但你是在庸人自擾。幫手就是幫手，你方便怎麼使喚，就怎麼使喚。」

「但他們說是奉刑事部長的特命過來的。」

「你不用管這些。」

「但我想他們有可能不聽從我的指揮。我是在擔心這一點。」

「要是發生這種狀況，立刻告訴我。署長就是為了這種情況而存在的。」

關本課長轉憂為安，回應龍崎。

「我明白了。」

關本正準備離開，龍崎叫住他。

「對了，我也有話要跟你說。」

「什麼事呢？」

這次輪到龍崎斟酌措詞了。

「我跟戶高聊了一下。」

「他又捅出什麼婁子了嗎？」

「不是，是關於我和他的共識。」

關本課長一臉訝異。

「共識……？」

「他不是直接來向我申訴調查員不足，影響工作嗎？」

「喔……」關本課長的表情沉了下去。「非常抱歉。往後我會要他注意。」

「不是那樣。」

「呃……？」

龍崎連自己都覺得講得含糊不清。

他有自覺，上一刻才對關本說不用對搜查一課的人特別顧慮，但自己現在卻對關本多所顧慮。

同意戶高的主張，有可能演變成跳過關本決定事情。

即使關本抗議這讓他這個課長顏面掃地，也是沒辦法的事。

「你說你叫戶高不要直接跑來找我談判。」

「是的，我確實交代過他了。」

「我也認為秩序很重要。但另一方面，聆聽第一線真實的聲音也是必要的。」

「第一線真實的聲音……？」

關本的表情顯得難以釋然。龍崎覺得這是當然的。或許自己應該更單刀直入地說出來。

「戶高說，往後如果有必要，他也會直接向我提出要求，而我同意了。這是我們兩人的共識，希望你能接受。」

關本的表情很複雜。是儘管不悅，卻又猶豫是否該表現出來的樣子。

「既然署長這麼說的話……」

「你無法接受。」

「不，絕對不是……」

「我絕對不是輕視課長。只是認為有時候也該聽聽第一線的聲音，如此罷了。」

關本點點頭。

「好的。不過我想敢大剌剌地直接對署長提出意見的，頂多也只有戶高而已，因此不會有什麼問題。」

「我希望署內能夠保持資訊暢通。」

「我會遵從署長的方針。那麼我告退了。」

關本離開署長室。即使這讓關本感到不舒服，也是無可奈何的事。龍崎決定這麼想。

聆聽每個人的意見，這個方針並沒有錯。希望署內資訊暢通，這也是龍崎的真心話。

他唯一擔心的是關本心裡不舒服，進而影響工作，但也認為應該不會發生這種事。

關本和戶高不一樣，是成熟的大人。

即使萬一發生了這種情況，再和他談談就好了。

龍崎想了想，決定讓這件事暫且結案。

希望在午飯前盡量減少該處理的文件。龍崎這麼想，繼續蓋印章。

也該去肇逃案的搜查本部露個臉吧。

用完午飯就過去吧。

龍崎正這麼想，伊丹過來了。今天他好像也出席搜查本部了。

「嗨。方便嗎？」

「什麼事？」
「外務省噤聲了。」
龍崎忍不住皺眉。
「什麼意思？」
「為了偵查命案，必須調查被害者的背景，因此我們想要從死者外務省的同事那裡問出線索，結果卻突然遇上許多不予置評的回應。」
「從什麼時候開始？」
「昨天。」
龍崎想，八成是和內山通過電話以後。
「被下了封口令嗎？」
「應該是。」
「為什麼？這是在偵查命案，有什麼事情好保密的？」
「尤其是問到被害者的工作內容等等的時候，好像就會得到『那是機密』的回答。」

「感覺很像公務員的推託之詞。」

「所以我希望你去探探消息。」

龍崎板起臉來。

「那是刑警的工作吧？為什麼我非幹這種事不可？」

「你不是有獨家管道嗎？」

「要是下了封口令，內山也不會告訴我任何事。」

「居然未戰先降，這一點都不像你。」

「這不是我的工作。」

「現在我只有你可以依靠了。也就是說，這是你的工作。」

「其他方法多得是吧？」

「還有什麼方法？」

「要公安去探聽……我聽說公安和外務省的情報官室關係非常密切。」

伊丹皺眉頭。

「你以為你現在在跟誰說話？」

「伊丹俊太郎。」

「是刑事部長。而且我這個刑事部長正為了案子和公安拔河角力，不可能要公安去探聽什麼。」

「不是鬥意氣的時候吧？這可是在偵查命案。」

「就算公安問出了什麼，誰曉得他們願不願意告訴我們。」

「這太離譜了吧？一樣都是警察官啊。」

「你還真的相信這種原則可以通用，實在教人傻眼……公安與其說是警察，更是諜報人員。外務省的情報官室也一樣。他們相信自己的工作比刑警更高級太多。」

「你才是，連試都沒試，不該妄下結論。」

「我只是想要活用獨門管道。」

「那不是你的管道。」

「對，是你的門路。所以我才像這樣拜託你。」

伊丹外貌親切隨和，卻是個說一不二的人。

「就是拗不過你。晚點我再打電話看看。」

伊丹滿意地點點頭。

「什麼消息都好，問出點什麼吧。」

說完後，伊丹離開了署長室。

龍崎放下署長章，打電話給外務省的內山。愈麻煩的事，愈快解決愈好。

他確定撥打的是內山的內線號碼，接聽的卻是別人。

龍崎報上姓氏，對方答道。

「請稍等。」

說請稍等，卻等了足足一分鐘。電話裡的一分鐘很漫長。

對方再次接聽電話。

「內山不在。」

連一句「抱歉」也沒有。看來外務省職員連道歉的禮貌都不懂。

「他什麼時候會回來？」

「不清楚。」

「那麼，可以請他回來後回電給我嗎？」

「我會轉達。」

電話掛斷了。

放下話筒後，龍崎心想：

是裝作不在吧……

外務省不願意接觸警方，看來這是真的。聽到伊丹說明的時候，龍崎意興闌珊，但一想到對方居然裝不在，鬥志便滾滾湧上心頭。

反正內山不可能回電。既然如此，就每隔三十分鐘——不，每隔十分鐘就打一次電話。

持續到對方舉手投降為止。因為不是打到私人住宅，應該不違反東京都的騷擾防治條例。

十分鐘後，龍崎真的打過去了。

「內山不在。」

話筒傳來冷冰冰的聲音。是剛才那個人。

「那麼，我會再打過去。」

龍崎掛了電話。

十分鐘後，他又打了電話。又是同一個人接聽，進行了相同的對話。

再過十分鐘，龍崎又打了。

原本公事公辦的對方，聲音終於拔高了。

「警察可以像這樣騷擾人嗎！」

「騷擾……？我想連絡內山先生，所以打電話給他而已。」

「我不是說內山不在嗎！」

「那麼，可以請您連絡他，請他打電話給我嗎？」

「我不知道連不連絡得到他。」

他們可是外務省的職員，不可能連絡不上。如果真的連絡不上，那麼現在接電話的人和內山都是不適任公務員了。

「總之請您連絡看看。如果連絡不上他，我十分鐘後會再打去。」

龍崎不等對方回答便掛了電話。

對方一定認為警視廳遠遠不及他們，所以也沒把龍崎的要求當一回事。所以做到這種程度剛剛好。

龍崎一邊蓋章，一邊頻頻瞄時鐘。他打算十分鐘一到，便再次打電話過去。

過了八分鐘的時候，齋藤警務課長來通知外務省來電。

是內山打來的。

「聽說您外出了。」

「對。聽說署長打了好幾通電話找我，不好意思。」

語氣絲毫不感到抱歉。他一定是在自己的座位看著每隔十分鐘就接到龍崎電話的狀況。

「刑事部長一直催問我，有沒有什麼關於被害者的情報。」

「我沒有什麼可以奉告的。」

感覺語氣比之前冰冷許多。

「上一通電話，我們說好或許可以彼此合作，看來狀況有變呢。」

內山沉默了半晌，唐突地說道。

「方便直接碰個面嗎？用電話講實在……」

當到外務省的國際情報官室人員，職員之間也有可能彼此監視。電話總不可能遭到監聽，但感覺內山變得如履薄冰。

「當然可以。」

「今晚如何？」

肇逃案搜查本部的存在掠過腦際。

龍崎雖然是副本部長，但也沒必要時刻守在搜查本部。事實上他現在就像這樣離開搜查本部，在處理警署的工作。

「應該沒問題。」

「那麼約在我們的中間地點，高輪一帶如何？」

「高輪？」

內山說出某家知名飯店的名字，指定在那裡的酒吧碰面。約在哪裡龍崎都無所謂。

內山又說。

「晚上九點如何？」

「好的。」

「那麼，晚點見……」

電話掛斷了。龍崎看看時間。過中午了。他決定出門用午飯。

下午一點，龍崎前往肇逃案的搜查本部露臉。

伊丹已經離開了，交通部的柿本也不在。高台上只有土門交通搜查課長，正在和管理官說話。

龍崎走向之前的座位。

「署長沒有參加早上的會議呢。」土門對龍崎說。「需要我說明一下會議內容嗎？」

龍崎原以為是挖苦，但似乎不是。土門遞出資料。應該是會議上分發的資料。

「有什麼重要的事，請直接告訴我就好。」

土門搖搖頭。

「偵查不能說有什麼進展。逃逸的車輛尚未找到，也沒有任何消息。從死者身邊親友，也查不到能夠與動機連結的事實。」

龍崎隨手翻了翻偵查會議分發的資料。

「死者並沒有遇到什麼麻煩，是嗎？」

「目前並沒有發現這樣的事實。沒有金錢問題，也沒有異性問題。」

「他屆齡退休後，也沒有另覓工作呢。」

「對，身邊的人這麼說。」

「他的家人呢……？」

「他一個人獨居。沒有小孩，妻子在一年前病死了。」

龍崎點點頭。

「總覺得很可悲呢。」

土門這話，引得龍崎從資料抬起頭來。

「可悲？哪裡可悲？」

「妻子先走一步，孤單一人。他一定過得很寂寞。然後還被撞死……」

土門這番感傷的發言令人意外。

交通部人員和刑警一樣偵查案件，外表完全就像個刑警，但是在交通偵查中接觸到的人生，或許沒有刑警所看到的那麼悲慘，龍崎心想。

只要參與犯罪，有時會窺見背後令人難以置信的人生。

龍崎自己也是特考組菁英，很少接觸到那些事情。而他也認為在這個意義上，自己遠不及第一線刑警。

就算被害人過著孤獨的人生，也沒有什麼好同情的。在同情之前，警察官還有更重要的事要做。

龍崎說：「一個人獨居，這和犯罪動機有關嗎？」

土門露出有些著了慌的表情。

「呃……不，我並不是這個意思……」

「會被捲入犯罪的人，應該都有相應的理由。雖然牽扯無辜市民的隨機殺人案那些另當別論……」

「是啊。」

「死者沒有金錢糾紛，也沒有異性問題。但他一定有某些會遭人殺害的理由。」

「嗯……」

「你提過，被害者是特考組出身？」

「對，沒錯。他是東京外語大學畢業的，在外務省裡，好像是所謂的『外大派系』。」

「外大派系啊……」龍崎聽說過，外務省裡有東大和外大兩大派系。「絕大部分的特考組退休人員，退休後都會空降民間單位，為什麼被害者卻沒有另謀事業第二春……？」

「或許存款夠多吧。而且他沒有小孩。再怎麼說，教育費都是最花錢的。」

「你說他的妻子一年前過世？」

「對。」

「死因是什麼？」

「據說是癌症。」

「也有可能是為了照顧病妻，所以沒有再找工作呢。」

「是。」

「癌症的話，治療費應該是一筆相當大的開銷。」

「應該是……可是如果有癌症險那些，或許負擔就沒那麼重。」

東大井的案子忽地掠過龍崎的腦海。伊丹說，犯罪動機或許和死者的職業有關。

龍崎對土門說道。

「八田道夫生前的職業和職務，或許和犯罪動機有關。」

土門一臉驚訝。

「這有什麼根據嗎？」

龍崎回視土門。

「沒有，忽然想到而已。請忘掉吧。」

16

龍崎在搜查本部待了一陣，但似乎還沒有明顯的進展。下午三點左右，他回到署長室，繼續處理文件。

署長經常受邀參加當地活動或開會，但這兩天都沒有這類活動。應該是齋藤警務課長巧妙地替他擋掉了吧。

龍崎默默地批閱公文，晚上七點再次前往肇逃案的搜查本部。柿本交通部長來了，但伊丹沒有來。

龍崎在主位坐下，柿本出聲說。

「伊丹部長願意投入搜查一課的重案組人力，幫了大忙。」

「這樣啊。」

因為伊丹和龍崎是同期，小時候又認識，柿本才會主動攀談吧。但是對龍崎來說，這毫無關係。站在搜查本部的立場，能夠得到優秀的人才確實值得欣喜，但也只是這樣而已。

調查員陸續返回，晚上八點，偵查會議開始了。

土門交通搜查課長主持會議。

調查員報告問案的結果。

詢問相關人員後，尚未找到可以和犯罪連結在一起的要素。透過詢問，被害者一板一眼的生活樣貌浮上檯面。

聽說死者任職於外務省的時候，日常生活就只是在住家和政府機關往返。因為是特考組菁英，當然每天都晚歸。外務省也和警視廳一樣，幾乎是二十四小時體制。由於日本在許多國家都有大使館，當地時間都不同，隨時都有可能接到重要通知。

退休以後，他也沒有特別的休閒嗜好，經常待在家。好像也會夫妻一起出國旅遊，但妻子住院以後，似乎就必須專心在照護和家務上。

報告結束後，龍崎提問。

「被害者退休時，是公關文化交流部的文化交流課人員，他的工作內容是什麼？」

土門課長動了動龐大的身軀，接著問眾調查員。

「有人問到被害者的工作內容嗎？」

一名較年輕的調查員起立了。好像是警視廳的交通搜查課人員。

「呃，有個叫國際交流基金會的東西，被害者好像是在做跟它相關的文化活動。」

龍崎覺得這年輕人似乎不是很清楚狀況。

「國際交流基金會是獨立行政法人團體。」龍崎說。「資助與外國的各種文化活動。」

龍崎尋思起來。

死者以前在外務省的工作或許和犯罪有關，這個發想完全僅是從東大井的命案類推而來。待在推動國際文化交流的部門，實在不太可能被捲入甚至行凶殺人的嚴重糾紛。

曾經派到駐巴西日本大使館這個經歷讓他有些在意，但也實在不像直接與犯罪動機有關。

遇害的理由，和職業無關嗎……？

因為龍崎沉思起來，土門課長繼續議程。

接著是關於肇事車輛的報告。該車一樣尚未找到，目擊情報也極端地少。

報告中說現在正在請都內的計程車公司等提供目擊情報。計程車司機的目擊情報不容小覷。

調查員發言。

「從手法和事發後的行動來看，實在不像是一般人的犯行。」

土門課長追問。

「不像一般人的犯行？」

「犯罪車輛到現在都還沒有找到，極有可能已經被處理掉了。」

「也就是重新改色，或是更換車牌……？」

「是的……或是賣到國外，或報廢處理……不管怎麼樣，很有可能有這樣的業者介入。我認為這應該是連事後處理都已經設想周全的預謀犯案。這類處理，一般人是做不到的。」

「你問過相關業者了嗎？」

「我問過汽車維修廠和廢棄設施那些地方，但目前尚無值得一提的情報。如果這起案子是犯罪組織等職業人士的犯行，那麼處理的業者也極有可能與那類組織有關。」

「組織進行的預謀犯罪……」

土門課長喃喃自語地說。

他應該是認為可能會發展成複雜的案子。

龍崎也想要喃喃相同的話。因為東大井命案那邊，似乎追查到嫌犯可能是外國人。

應該是這個緣故，所以公安才會出面。但伊丹希望完全由刑事部主導來破案。

然後外務省三緘其口了。如此一來，東大井命案會變得更加複雜難解吧。

緝毒官那邊也相當麻煩。

必須找到新的毒販，放長線釣大魚。和緝毒官微妙的爾虞我詐還會繼續下去吧。這邊的案子，背後有廣域指定團體牽涉在內。

除此之外，肇逃案也逐漸呈現複雜的樣貌。

龍崎認為只要專注在自己做得到的事，逐步把案子搞定就行了。但總覺得每個案子都不斷地複雜化，讓他感到有些萎靡。

唯一的救贖是，搜查一課的重案組人力加入了搜查本部。即使肇逃犯是職業人士，搜查一課的重案組亦是專家中的專家。

這麼說來，投入大森署重案組的搜查一課特命搜查係的人員，有安分地配合指揮嗎？

昨天看那個和戶高搭檔的調查員，感覺處得不錯。但不知何時會鬧出什麼問題。

「詢問相關人員、蒐集目擊情報、尋找肇事車輛。每一樣都不能放鬆。」柿本交通部長說。「要把組織犯罪的可能性納入考慮，繼續偵查。完畢。」

這句話結束了會議。

看看時鐘，八點半。龍崎立刻離開搜查本部回到署長室，換上西裝，乘上公務車。

九點整的時候抵達了約好的飯店。九點三分，抵達酒吧。他向服務生說「我和一位內山先生約在這裡」，服務生領他到裡面的座位。

和其他座位有段距離，不必擔心對話內容被人聽到。座位上坐著一名體型渾圓、目光銳利的男子。

一襲炭灰色西裝，領帶是以胭脂紅為基調的斜紋領帶。

男子一看到龍崎，便站了起來。

「龍崎署長對嗎？我是內山。」

和電話裡交談的印象不同。從聲音和語氣，龍崎想像對方會是菁英風貌。兩年前有一面之緣，但當時的記憶已經模糊，電話中的印象更要強烈。

實際上的內山本人，與菁英風貌相差了十萬八千里。印象更為剛毅難纏，一雙大眼睛特色十足。也許是在這兩年間改變了。

龍崎在桌子對面坐下來。

內山前面擺了啤酒。

「要喝什麼？」

「我也點啤酒好了。」

「真意外。」

「怎麼說？」

「我聽說署長是個拘謹的人，還以為你可能會點無酒精飲料。」

「拘謹的人」？是聽誰說的？

「晚餐的時候，我都會喝一罐啤酒，今天只是提前而已。」

啤酒上桌，龍崎只喝了一口。兩人沒有乾杯。

內山開口。

「我覺得比起透過電話，像這樣面對面，還是比較好說話……」

「……倒不如說，在職場講電話，是不是多所顧忌？」

內山以那雙大眼睛向上看著龍崎，淡淡地笑了。他的笑容意外地魄力十足，讓龍崎有些驚訝。

內山不只是個小職員而已。龍崎這麼感覺。在國際情報官室工作，就會染上獨特的氛圍嗎？

「唔，也是有這種情形。」

「聽說你們被下了封口令……」

「封口令……？這太誇張了。」內山笑了。龍崎發現，他笑起來極富親和力。「只是上頭說媒體很囉唆，要我們別多話而已。」

「刑警好像覺得偵查受到阻礙。」

「唔，或許也有些職員反應過度了。如果上頭警告不要多話，你知道公務員會先想到什麼嗎？」

「不希望情報是從自己的部門走漏出去的。」

「沒錯。首先，主管會叫部下不許洩漏情報，所以會監督得特別嚴格。」

「但求無過……會說這種話的人，都認為自己並非如此……」

每個人都但求無過嘛。你們或許把這稱為了封口令。」

「不不不，我也是一樣的。我只是個小公務員。」

「你也是特考組吧？」

「是的，其實和署長還有刑事部長是同期。」

同齡嗎？看起來相當年輕。

「彼此都很忙，我想進入正題。」

內山點點頭。

「東大井的命案，聽說兇手有可能是外國人，對嗎？」

「我是這麼聽說。」

「然後署長說，犯罪動機或許和若尾生前任職的部門有關。」

內山第一次提到被害者的名字。龍崎思考這是否代表了什麼意義。

「不是我說的，是刑事部長這麼說。」

「也就是說，已經某程度鎖定嫌犯了嗎？」

龍崎搖搖頭。

「我不清楚。就像我說過許多次的，東大井不在我的管轄內。那不是我們署的案子。」

「那我就站在警方已經某個程度鎖定嫌犯的前提請教，已經查到那名嫌犯的背景了嗎？」

「背景？」

「有外國人殺害了公務員。比起個人恩怨，一般都會猜測背後另有某些隱情吧？」

「或許吧。設在大井署的搜查本部，在偵辦時應該也充分考慮到這樣的可能性。」

「在背後指使的是什麼樣的組織呢？」

龍崎實在想要嘆氣：「你們知道，對嗎？」

內山的眼睛又警覺地亮了起來。他默不作聲地看著龍崎。

龍崎更進一步說：「你們知道，然後想要確定警方掌握了多少。」

內山沉默片刻後，開口說道。

「我接下來的話完全只是泛泛之談，請當成這樣來聽。」

「泛泛之談……」

「遇害的若尾，任職於中南美局南美課。他負責的地區包括了哥倫比亞。

聽到哥倫比亞，署長會聯想到什麼？」

「要是以前的話，我會回答麥德林集團吧。」

內山點點頭。

「麥德林是安蒂奧基亞省的省會，以古柯鹼集團聞名。哥倫比亞政府對麥德林集團宣布徹底抗戰，經過四年的掃毒戰爭後，麥德林集團的首腦巴布羅．艾斯科巴遭到擊斃，一般認為毒品戰爭就此終結。後來在哥倫比亞，卡林集團取代麥德林集團崛起，成了占據美國毒品市場八成、全世界首屈一指的販毒組織。」

「但我聽說卡林集團也已經覆滅。」

「是的。卡林集團只是曇花一現，這次換成在墨西哥發生了毒品戰爭。是政府與毒品組織的全面戰爭。有說法認為，由於美國政府為了撲滅毒品，宣布支援墨西哥政府，導致戰爭更加陷入泥沼。」

「這場毒品戰爭到現在還在持續呢。」

「是的。由於媒體聚焦於墨西哥毒品戰爭，給人哥倫比亞已經沒有毒品組織的印象，但絕對不是如此。哥倫比亞的毒品組織和左翼游擊分子朋比為奸，對當地經濟也有重大影響，不是那麼容易就會消失的。」

「也就是說，若尾遇害，是因為和毒品組織扯上關係？」

「我說過，我只是在作泛泛之談。若尾負責的地區包括哥倫比亞。我只是這麼說而已。」

語帶玄機，但內山在暗示嫌犯背後可能有某些組織在行動。

加上這些一起考慮，牽扯上毒品糾紛的可能性自然便浮上檯面了。

內山說哥倫比亞的毒品組織與左翼游擊隊互相勾結。

原來如此，這麼一想，公安會出面也是可以理解的。只是公務員遭到外國人殺害，公安就要插手，確實不太自然。

伊丹注意到毒品組織的事了嗎？當然一定列入考慮了。他一定是想從內山這裡問出這個情報。

龍崎認為內山已經盡其所能地透露了。

他以「泛泛之談」為名目，暗示了犯罪的背景。

內山繼續說下去。

「這也是泛泛之談，墨西哥的組織因為身陷毒品戰爭當中，無法動彈。原本被認為已經消滅的哥倫比亞毒品組織，或許會躲在他們背後，向外國尋求銷路。美國打算徹底對抗毒品，而中國近旁就有金三角這個海洛因的龐大供給來源。日本雖然強化毒品取締，但看在老江湖的販毒集團眼裡，還是太嫩了。不覺得日本是塊上好的肥肉嗎？」

「身為警方，實在不願意這麼想呢。」

「但這是事實。」

「確實……你這番話十分耐人尋味。順帶一問，我也想瞭解一下八田的事。」

「遇到肇逃喪生的退休人員呢。」

「聽說他退休的時候，任職於文化交流課。」

「是的。」

「他也曾經派駐到日本駐巴西大使館。」

「是的。」

「警方正在進行調查，但怎麼樣都找不到他會遭人殺害的理由。警方也在懷疑有可能是組織的預謀犯案……」

內山瞪也似地注視著龍崎說：「這些事原本不該從我口中說出來，但和署長聊著，我忍不住想要告訴您了。」

「什麼事呢？」

「八田曾經派到駐巴西大使館，但其實比起葡萄牙話，他的西班牙話說得更好。而且他精通哥倫比亞的狀況，經常從巴西出差去哥倫比亞。」

龍崎大吃一驚。

「有這種事？」

「在調查毒品相關事務時，比起日本駐哥倫比亞大使館的人，有時候另外派人從巴西進出更為安全。」

「也就是說，八田雖然在日本駐巴西大使館工作，其實和哥倫比亞密切相關……？」

「就是這樣。」

17

內山說不願意被人看到兩人一道離開，因此龍崎先走出飯店酒吧。

龍崎結清自己點的啤酒的帳，一面心想：在情報機關任職的人，居然得如此小心翼翼？

看看手表，快十點了。龍崎已經叫公務車回去了，因此從飯店玄關搭計程車回警署。

他沒有去署長室，而是筆直前往肇逃案的搜查本部。

柿本交通部長已經離開了。伊丹也不在。

龍崎走近坐在主位的土門交通搜查課長。

「我有關於被害者的情報。」

土門驚訝地看龍崎。

「什麼情報？」

「他任職於外務省期間的職位的情報。」

「職位……？我記得他是在文化交流課吧……？」

「那是他退休時的單位。你知道被害者八田道夫以前待過日本駐巴西大使館吧？當時他好像頻繁進出哥倫比亞。」

土門一臉呆愣。

「這怎麼了嗎？」

土門應該不清楚東大井命案的詳情，所以才無法聯想到吧。龍崎認為接下來的話必須謹慎。不能灌輸土門奇妙的成見。

「調查員說，這有可能是組織預謀犯罪。不管是什麼樣的組織，如果是計畫行動，就應該有相應的理由才對。」

「當然了。」

「說到哥倫比亞，就是毒品。毒品的話，就足以構成黑幫等組織行動的理由。」

土門似乎仍然困惑不解。

「當然是這樣……可是，只是頻繁進出哥倫比亞，就跟毒品連結在一起，這似乎……」

如果再多說什麼，有可能帶給土門先入為主的成見。

「總之，我報告一下有這樣的情報。」

「這項情報是從哪裡來的……？」

「外務省的熟人。」

「原來如此，特考組的話，也會有各種人脈呢。」

聽起來挺像挖苦，但龍崎不予理會。

龍崎提問。

「後來有什麼進展嗎……？」

土門搖頭。

「除了署長的報告以外，沒有特別值得注意的情報。」

這或許也是挖苦。

龍崎點點頭說。

「我要下班了，有沒有什麼事？」

不可能有事。

土門在思考。是在找挽留龍崎的藉口嗎？

一會兒後，土門說：「辛苦署長了。有必要我會連絡。」

「好，麻煩打到我的手機。」

龍崎離開大會議室，前往署長室。

齋藤警務課長好像已經回家了。時間已經超過十點半。

警察署即使入夜，也和白天一樣忙亂。尤其是夜晚會有醉漢等大聲嚷嚷，更形吵鬧。

交通課和地域課是三班或四班，一天二十四小時都有人值班，因此署內的人數，白天夜晚都差不了多少。

龍崎的方針是一天二十四小時開放署長室的門，但現在他決定先關起來一下。

坐下來後，他取出手機打給伊丹。

鈴響三聲就接通了。

「喂，我是伊丹。」

「我和外務省的內山見面了。」

「見面？在哪裡？」

「高輪的飯店。」

「然後呢……？」

「內山以完全是泛泛之談為名目，暗示犯罪和販毒集團的關聯。」

「販毒集團……」

「被害者生前在中南美局的南美課任職。感覺內山刻意強調死者負責的國家裡面包括哥倫比亞。」

「等一下。」

無聲的狀態持續了一陣。一定是移動到沒人的地方了。伊丹是判斷內容茲事體大吧。

手機再次傳來伊丹的聲音。

「你說販毒集團，但現在說到毒品組織，就是墨西哥。哥倫比亞的集團不是幾乎都被消滅了嗎？」

「內山說，哥倫比亞的集團和當地經濟密切相關，不是那麼容易就會消失的。」

「這樣啊……有些組織潛伏到地下了是嗎……？」

「而且哥倫比亞的販毒集團和左翼游擊隊聯手。他們也是游擊隊的資金來源。感覺是公安會盯上的情資。」

「被害者和哥倫比亞的販毒集團有某些關聯，雙方發生糾紛，遭到滅口了是嗎……？」

「喂，別急著下結論。」說出口後，龍崎察覺了。「意思是你們那裡也掌握到相同的情報了嗎？」

「我們也不是在混飯吃的。只是，公安掌握的情報不會確實傳到搜查本部來。」

「你說過，嫌犯可能是外國人。根據是什麼？」

龍崎聽出伊丹笑了。

「不管嘴上說什麼，結果你還不是很好奇？」

「因為或許跟我這邊的案子有關。」

「那邊的案子？肇逃案嗎？」

「對。」

「有什麼關係？」

「說明之前，先告訴我你們認為兇手可能是外國人的根據。」

伊丹似乎正在思考。或許是在賣關子。

一會兒後，他才開口。

「這事還沒有向媒體披露──行兇手法特徵十足。死者被割斷喉嚨，舌頭從斷口被拉出來。這是哥倫比亞的毒品組織和左翼游擊隊殺雞儆猴的行刑手法，叫『哥倫比亞領帶』。」

「我知道哥倫比亞領帶。外務省的人知道嗎？」

「消息應該沒有洩漏出去，但不知道情報會從哪裡傳到什麼地方。尤其是外務省的情報官室與公安的關係，我們也不太清楚。」

「最好當做情報官室和南美課的人都知道了。」

「你說可能和你那邊的案子有關，是怎麼回事？」

「肇逃車輛到現在都還沒有找到。有可能行凶之後立刻處理掉了。也沒有目擊情報。這一連串手法實在太乾淨俐落，因此搜查本部也把組織預謀犯案列入考慮。」

「我也會去你們那邊的搜查本部，這一點我理解。」

「內山說，死於肇逃的八田道夫，在派駐日本駐巴西大使館的時期，其實多次前往哥倫比亞工作。」

電話另一頭沉默了一陣。

是在思考吧。還沒有任何物證，但有哥倫比亞這個共通點。如果這樣還不懷疑兩案之間的關聯，那就不配當警察了。

「這件事你在肇逃案的搜查本部公布了嗎？」

「我只告訴土門課長，說被害者以前經常進出哥倫比亞。」

「他是什麼反應？」

「好像不懂這代表什麼。或許他過度小看組織計畫犯案的可能性了。」

「對交通搜查課的人來說，什麼販毒集團、左翼游擊隊那些，太不現實了吧。那接下來你有什麼打算？」

「不怎麼打算。我已經照著你說的，從內山那裡問出情報，也把內容通知你了，感覺與肇逃案有關的情報也告訴土門課長了。我的職責已盡。」

「什麼話？偵查才剛起步而已。」

「那是你的職責吧？東大井命案和肇逃案，兩邊的搜查本部都有你的事。」

「實際上我沒辦法花太多時間在肇逃案那裡。」

「沒必要花時間。只要有效率地指揮，讓兩邊的情報交流就行了。」

「沒錯，我想要有效率地指揮——指揮能幹又有用的人才，那就是你。」

「我不是你的部下。」

「組織上，我是本部的部長，可以對你下令。」

「如果是合理的命令，我會服從。但若是不合理的指示，我不認為有必要服從。」

伊丹又沉默了片刻。

「抱歉，我這話多餘了。你不是那種會盲從無理命令的人，這一點我是最清楚的。」

伊丹清不清楚無所謂。

龍崎問：「你認為兩起案子有關聯嗎？」

「覺得沒有關聯才有問題吧？」

「那是身為刑事部長的判斷嗎？」

「喂，不要學記者套話好嗎？」

「必須確認這一點，我在肇逃案的搜查本部才有辦法行動。」

「你願意行動是嗎？」

「我只說有辦法行動。」

「我這邊的搜查本部，公安想要掌握主導權，你那邊又是交通部長掌控，我實在是屈居下風。」

「不是爭什麼主導權的時候。要把逮捕嫌犯擺在第一。」

「你的話，或許做得到吧……」

「你是刑事部長，非做到不可。」

「確實，你說的方法正逐漸收效。」

「什麼？」

「讓人傻眼欸，你自己說的話，自己都忘了嗎？就是把搜查本部的人力縮限在最小，配合需要，調動人手的做法。為了達到這個目的，必須利用網路和通訊機器，密集通訊……」

「我沒有忘記。」

「實際上搜查本部的規模很小，所以也不怎麼引起媒體關注。我這邊的人很少，因此和公安也取得了平衡。」

「中樞最好是少數菁英。其他只要調動機動部隊就行了。」

「我依照你的說法，請通訊指令本部協助，調動機搜和特命班。搜查本部規模小，所以大井署的負擔也不大。不僅是一石二鳥，感覺是一石三鳥、四鳥。」

「這種話最好等結果出來了再說。」

「是啊……對了，派去大森署的特命班，派上用場了嗎？」

「不知道。」

「什麼意思？」

「我並沒有緊盯著現場，所以不清楚派上多少用場。」

「喂，這種時候，道聲謝就得了啊。」

「是你問我，我才回答的。」

「你這傢伙真是……」

「不過，在人手不足的時候有了幫手，幫助很大。」

「有你這句話就夠了。拜。」

電話掛斷了。

看看時鐘，快十一點了。

今天先回家吧。

龍崎起身，打開署長室的門，前往公務車停車場。

回家一看，妻子冴子和女兒美紀正坐在餐桌旁，他嚇了一跳。

兩人的模樣異於平常。似乎在爭論什麼。

「怎麼了？」

美紀不吭聲。

冴子應話。

「美紀說要去找忠典。」

龍崎皺眉。

「去找忠典……？意思是要去哈薩克嗎？」

「真是，這孩子不曉得是像到誰，說出口的話，怎麼都勸不聽……」

龍崎只有和內山碰面的時候喝了一杯啤酒而已，肚子餓了。

「我來聽，你去替我準備飯菜吧。」

冴子做了個深呼吸站起來，開始替龍崎準備晚餐。

龍崎回寢室換了衣服，回到餐桌，坐到椅子上。他沒有和美紀面對面，而是九十度的角度。

「怎麼回事？」

美紀沉默片刻，最後說了起來。

「我不是說，這次的事讓我想了很多嗎？」

「就算是這樣，也用不著特地跑去哈薩克吧？」

「不去怎麼見得到他？」

「既然你說已經想過，表示你做出了某些結論吧。如果只是要轉達結論，不管是講電話還是傳電郵都可以啊。」

「電話或電郵不行啦。」

「那可以寫信。」

「寫信也不行。要好好地看著彼此的眼睛說才行。」

「我不懂……」龍崎是真的無法理解。「如果只是要傳達你的想法，這些方法應該就夠了。」

「要好好地面對面，看著對方的眼睛說才行。」

「既然如此，叫他回來日本吧。這裡是他的祖國。」

「不行。」

「為什麼？」

「想要談的人是我。」

龍崎真的無法理解美紀在說什麼。

冴子端菜過來，順帶對美紀說。

「對爸說那種事，他也不會懂啦。」

龍崎回問冴子。

「那種事是哪種事？」

冴子從冰箱取出啤酒罐，和杯子一起端過來。

「啤酒不用了。我喝過了。」

「已經喝過了……？」

「我跟人見面，那時候喝的。」

「沒關係，喝一點讓腦袋柔軟一些。」

啤酒和杯子擺到面前。既然妻子這麼說，也沒有理由拒絕。龍崎將啤酒倒入杯中，一口氣喝完半杯。

在外面喝酒不容易醉，但是在自家喝，酒精一下子就循環全身了。

這段期間，美紀微低著頭在想事情。看起來也像是在鑽牛角尖。

龍崎再喝了一口說。

「也就是說，你要去提分手嗎？」

美紀抬頭。

「這要看忠典。所以我才想直接見面談。」

「要看忠典？你不是自己做出結論了嗎？」

「我沒有做結論，只是想要說出我的想法，聽聽對方怎麼想……我覺得我們需要這麼做。」

「這樣啊……」龍崎再喝了一口啤酒。「你想要被說服是吧？」

「想要被說服……？什麼意思？」

「也就是說，你認為照現在這個樣子，沒辦法和忠典繼續交往下去。但又下不了決心，想要忠典否定你們的關係已經結束。這樣一來，又可以繼續交往下去了。」

美紀睜圓了眼睛，半晌後才開口。

「或許是吧……」

「這樣的話，不管你去不去哈薩克都是一樣的。因為不管怎麼樣，都只是維持現狀。」

「一樣是維持現狀沒錯，可是……」

冴子端來白飯和味噌湯：「不是那種問題吧？也就是說，美紀想要好好確認一下兩人現在的關係。視情況，或許會再好好談一談後，決定分手。」

「但美紀剛才說她想要維持現狀。」

「有時候就算想要，也承受不了啊。」

「我不懂……你不是不希望美紀去哈薩克嗎？」

「當然不希望啊。我很擔心。」

「所以我才說沒必要去。」

「跟你說話，就會想要站在美紀那邊，真是太奇怪了。」

美紀說：「我不是不懂爸的話。只是一直以來，我也付出了許多忍耐。這次的事，讓我重新考慮往後的事了。」

「有什麼關係？」

房門口傳來聲音，龍崎望過去。是邦彥。

邦彥不理會呆掉的龍崎。

「實際去一趟，就能滿足了吧？」

這句話看似否定美紀和龍崎，但龍崎覺得其實是相當合理的判斷。

龍崎對美紀說道。

「總之，沒必要性急地做出結論。」

「這是指跟忠典的事，還是去哈薩克的事？」

「都是。」

龍崎準備動筷。

18

隔天龍崎八點上班，首先前往署長室，接著很快地前往肇逃案的搜查本部。

柿本交通部長和土門交通搜查課長都在座位上。伊丹不在。

昨晚龍崎已經把被害者八田道夫任職於日本駐巴西大使館期間，頻繁前往哥倫比亞出差的事告訴土門課長了。

他很關心土門課長如何處理這項情報。

結果土門在偵查會議中對這件事隻字未提。是打算忽略嗎？還是務期謹慎？龍崎無法判斷。

算了，搜查本部的事交給土門處理就行了。

九點過後，偵查會議結束了，龍崎回到署長室。齋藤警務課長正在等他，要警務人員把今天的公文送進來。

「今天的行程是什麼？」

「有和區議會議員的懇談會，但我請他們延期了。」

「延期？延到什麼時候？」

「沒有決定。」

「對方居然肯答應。」

「我說明搜查本部的事和連續縱火案，他們爽快地同意了。」

反正懇談會八成也不是要談什麼大事。

「其他還有什麼事嗎……？」

「刑事課長說如果署長有空，想要和署長談談……」

龍崎從公文抬起頭來。

「有空想談談？這說法真怪，一點都不像關本課長。」

「是……我想也就是雖然不緊急，但有事情想要和署長討論。」

「就算不緊急，不用顧慮那麼多，直接來找我談就行了。」

「那麼，要叫他過來嗎？」

「麻煩你。」

是昨天和伊丹講電話時提到的，來幫忙重案組的本廳特命班的事嗎？他正好也在擔心。

齋藤警務課長離開，龍崎開始蓋印章五分鐘左右，關本刑事組織犯罪對策課長過來了。職稱太長，平常都簡稱刑事課長。

「聽說你有事要找我談……？」

「是……」關本課長惶恐萬分的樣子。「其實是為了本廳特命班的事……」

「出了什麼問題嗎？」

「特命班本身沒有問題……他們都願意聽從我的指示……」

「那是有什麼問題？」

「是戶高。」

「戶高……？怎麼回事？說明給我聽。」

「是……其實特命班向我稍微陳情了一下，或者說抗議了一下……」

「抗議什麼？」

「戶高辦案的方法。怎麼說，實在太漫無章法……看在他們眼裡，似乎非常隨便。」

「這又不是這一兩天的事了。」

「是這樣沒錯……」

「他的執勤態度確實不值得嘉許，但他靠著這套做法，一直都拿出不錯的成績，不是嗎？在單位裡也受到另眼相待。」

「是這樣沒錯，但是看在搜查一課的人眼裡，似乎對他的做法難以容忍。」

「我不認為戶高在工作上會馬虎敷衍。因為對於這件縱火案，他似乎特別投入。」

「是的。本人應該也是拚命在查案。但怎麼說，和本廳那些人的做法不同，或說是步調不一致……」

「特命班的人沒立場埋怨吧？」

「是的，但因為他們對我的指示幾乎是一板一眼地遵守，所以看到戶高的做法，會有意見也是可以理解的。」

身為課長，應該想要支持確實遵從自己指示的一方吧。但戶高是他的部下。而且一直以來，在各種局面，戶高都交出很棒的成績。

是成了夾心餅，而跑來向署長哭訴嗎？

「設法安撫，也是課長的職責吧？」

「署長說想要盡量瞭解第一線的聲音。這也是第一線的聲音。」

心有餘而力不足的事，就交給上司處理。這是正確的決定。上司就是為此而存在。

該做的事堆積如山，但關本的問題不能置之不理。

「好，把戶高和特命班的班長叫來。」

「是。」

關本離開署長室。龍崎一邊蓋印章，一邊等他們。

工作要怎麼執行，怎麼樣都無所謂不是嗎？他這麼想。

重要的是交出什麼樣的成果。認真拚命的態度確實重要，但身為專家，這樣還不夠。需要的是成果。

即使旁人看來做法潦草，但只要拿得出成績就夠了。不管是工匠還是公務員，這一點都一樣。這就是專業。

過了十分鐘左右，關本帶著戶高和特命班的班長過來了。記得他姓早川，是四十五歲的警部補。

早川在龍崎正面立正站好。戶高一如往常，站沒站樣，全身重量放在一隻腳上。

龍崎問早川。

「聽說你們對我們署戶高的辦案方式有所不滿？」

早川以俐落的口吻應答。

「不是不滿或滿意的問題。既然一起辦案，我認為步調應該要一致。」

「你們步調不一致嗎？」

「我的班裡有人感到無所適從。」

這說法應該很客氣了，龍崎心想。

他想起和戶高在一起的年輕調查員。看到兩人的時候，感覺並沒有什麼問題。

特命班是在前天從本廳派來的。龍崎覺得才共事一兩天，就批判起別人的執勤態度，未免傲慢，但偵查或許就是如此嚴肅的事。

「是誰、怎麼樣無所適從？具體說明給我聽。」

「據和戶高搭檔的根本所述。我們聽從課長和係長的指示進行偵查，但根本說，戶高的行動散漫，一點都不像在遵照係長的指示行事。」

戶高一臉不關己事的表情。龍崎問他。

「他們這樣說，你有什麼說法？」

「我只是照我平常的做法啊。」

「他們是在表示，你平常的做法，讓搜查一課的人無法接受吧？」

「他們是我們的幫手吧？我在用我的做法追查嫌犯。」

龍崎問早川。

「你們說戶高的行動散漫，我想知道更具體的情形。什麼地方讓你們覺得散漫？」

「我們在被分配到的地區進行訪查等工作，但戶高卻不理會這些分配，想去哪裡就去哪裡。然後他的偵查行動，實在稱不上有系統。」

龍崎看向戶高。

「關於這一點，你有什麼說法？」

「什麼說法喔……的確，我是會跑出分配的區域查案啦。可是又沒有離開大森署的轄區，而且只要想到相關的事，當然會想要去弄個清楚吧？」

「這樣一來，區域分配豈不是失去意義了？」龍崎說。

「我覺得區域分配只是一個大概。他們說我沒系統，但我可是依照我腦中的系統在辦案。」

早川對龍崎訴說。

「依靠靈感和直覺辦案，沒有效率可言。聽從指揮官的指示，應該才是最有效率的做法。」

若是追求效率，早川說的確實沒錯。像搜查本部，就如同早川說的，調查員遵循本部的方針，心無旁騖地行動，才能收到成效。

但戶高的說法也並非沒有道理。偵查直覺人各不同，卻要把它們齊一看待，不能說是聰明的管理方式。

確實，這樣管理者可以輕鬆許多，或是可以規避風險。但也只是如此而已，如果傑出的調查員無法發揮實力，就沒有意義了。

龍崎想了想，對早川說道。

「一直以來，不是都說優秀的調查員特別重視直覺嗎？」

「現在已經不是能依靠調查員個人的資質與能力的時代了。是必須借助專家的力量，確實做好角色分配，以組織的力量來辦案的時代。」

「你說的對，但轄區的偵查，也不能光靠組織力。有時候個人的努力更能發揮作用。」

「我認為這話的前提是調查員認真查案……」

龍崎覺得這話不能置若罔聞。

「你是在指控戶高沒有認真辦案嗎？」

「根本說，昨晚戶高把縱火案調查丟給根本一個人，不知道跑去哪裡了。」

該不會又跑去賭博了吧……？

龍崎問戶高。

「這是真的嗎？」

「我的確和根本分頭行動了。」

「是因為想到和縱火有關的事嗎？」

「不是……」戶高難得支吾起來。「其實是為了別的案子……」

「別的案子……？重案組的其他案子嗎？」

關本課長之前就在擔心。轄區刑警無法只專注在一個案子上。他擔心搜查一課的刑警會如何看待必須身兼多案。

戶高豁出去似地看著龍崎說。

「不是重案組的案子。」

龍崎大吃一驚。

「什麼？這是怎麼回事？」

「我接到線報。線人說關於肇逃案，他聽到一些消息……」

「肇逃案……？之前你說你想追查縱火案，所以拒絕參加搜查本部……

然而現在卻撇下縱火案的偵查，跑去調查肇逃案？」

戶高板起臉來。

「我也想專心在縱火案上啊。可是線人捎來線報，難道要視而不見嗎？」

「就不能交給別人嗎？」

「署長，你知不知道什麼是線人啊？調查員才不會把自己的情報來源透露給別人。重要的是一種信賴關係。線人也不會對其他調查員透露任何事。」

「這樣啊……那得到什麼重要情報了嗎？」

戶高壓低了聲音說。

「重不重要喔……因為還沒有確認，我不能透露。」

「是什麼情報？」

「就說還沒確認啦。我不想隨便亂說，攪亂肇逃案的偵查。」

「想要獨占情報的心情，我不是不能理解，但現在肇逃案的偵查觸礁了。任何情報都很重要。尚未確認也沒關係，讓搜查本部去查證就行了。」

戶高思忖了一下。

「這事沒有什麼可信度。」

「叫你直說無妨。」

話題朝古怪的方向偏離，關本課長和早川似乎都有些困惑。

戶高看了看他們後，面對著龍崎說。

「那個線人說……他是聽目擊肇逃現場的人說的。目擊者當時站在看得到十字路口的超商前，目擊到事故。」

「太令人驚訝了……」龍崎說。「搜查本部上天下地到處找，都沒找到可信的目擊情報。」

「街上的人是流動的，就算四處詢問，也很難找到目擊者。可是也會有人問到目擊情報，主動捎來消息——出於想要報酬等各種理由。」

「你付錢給對方？」

「人家是賣情報的嘛。」

「那個人說他看到什麼？」

現在不管是關本課長還是早川，都緊盯著戶高看。

戶高一字一頓地說道。

「目擊者說，撞人的是黑色系的房車。廠牌和車種也大概知道。」

「車號呢？」

知道車號的話，或許可以利用自動車牌辨識系統查出肇事車輛的逃逸路線。

戶高搖頭。

「很可惜，沒看到車牌號碼。」

「這樣啊……」

「不過線人提到，目擊者說他看到駕駛座上的男人，甚至還說認得那個人是誰……」

「知道開車的人是誰嗎？」

「接下來的內容就很可疑了……如果不謹慎以對，會惹出大麻煩……」

「到底是誰？」

「其實我是想要先確定之後再向署長報告的。」

戶高異於平常，十分謹慎。

「別顧忌了，說出來吧。是誰？」

「這完全是線人打聽來的消息。」

「我知道。」

但戶高依然不願開口。龍崎決定默默等待。

片刻之後，戶高總算開口了。

「他說是隆東會的幹部。」

「隆東會……？」

龍崎覺得這個名號在哪裡聽過。

關本語帶驚訝。

「那不是毒販的案子裡，據說是背後組織的指定團體嗎？」

龍崎想起來了。

緝毒官矢島要求大森署提供那個黑幫的情報。

龍崎有些混亂起來了。

肇逃案的偵查中，怎麼會冒出這個黑幫的名字？

戶高開口。

「或許是假情報。因為我想不到隆東會的幹部開車撞死人的理由。」

龍崎問戶高。

「如果和毒品有關，會構成理由嗎？」

戶高一臉詫異。

「什麼……？」

「你知道署裡抓了一個毒販吧？」

「知道，然後緝毒官為了這件事跑來罵人對吧？說什麼害他們放長線釣大魚的偵查都毀了……」

「緝毒官矢島不是說毀了，而是差點毀了。」龍崎訂正。

「毒販怎麼了嗎？」

「緝毒官矢島說在毒販背後撐腰的是隆東會。」

「唔，這倒是沒什麼好奇怪的……」

「然後，肇逃案的被害者生前是外務省職員，以前和哥倫比亞密切相關。」

「哥倫比亞……」

戶高似乎也陷入混亂。

龍崎也不打算輕率地做出結論。但他覺得先前毫無進展的偵查，正徐徐動了起來。

肇逃案和毒品案之間可能有關。

龍崎吩咐關本課長。

「向組織對策係確認一下。他們應該正在為緝毒官調查隆東會。」

「好的。」

戶高好似不滿地說道。

「是我找到的情報。」

龍崎對戶高說：「辛苦你了。這件事肇逃案的搜查本部會查證，你專心去辦縱火案吧。」

龍崎轉向早川，問：「這樣可以吧？」

早川的氣勢整個萎了。

戶高只是聳了聳肩。

19

下午，關本刑事課長再次來到署長室。

「我們調查了從戶高那裡聽到的隆東會幹部的名字。」

「是組對係的情報嗎？」

「是的。天木兼一，三十六歲。確實是隆東會的成員，似乎是幹部。」

關本交出照片，龍崎接了過去。照片中的男子理個大平頭，眉毛剃光，一看就像是混道上的。

「天木兼一人在哪裡？」

「尚未確認。」

「為什麼？應該立刻找到他的所在吧？」

「我想先請示搜查本部……這應該不好擅自行動。」

原來如此，確實難以判斷。若是轄區警署自行判斷，任意行動，有可能在事後引來麻煩。

「已經告訴搜查本部了嗎？」

「不，我認為應該由署長報告。」

「誰來報告都一樣吧？」

「不，有時候由不同的人報告，對同一件事的處理態度也會不同。」

龍崎瞄了並排在會議桌上的成排檔案。必須在今天下班前看完全部的公文蓋章才行。

他輕嘆一口氣後，對關本說道。

「把天木兼一的文件給我。」

「是。」

關本遞出寫有住址、經歷、前科前案等資料的文件。龍崎接過文件，迅速瀏覽。

他把文件和照片疊在一起，站了起來。

「我去一趟搜查本部。」

聽到報告，土門交通搜查課長首先皺起了眉頭。

「目擊情報嗎？那麼得向目擊者做筆錄。」

「是我們署的調查員養的線人得到的情報，沒辦法叫到警署來。」

「不管情報來源是哪裡，只要是目擊情報，就得做筆錄……」

「找到嫌犯下落才是第一優先吧？」

「可是，得先確定這項情報是否可信……署長說線人嗎？也許是為了錢而捏造的假情報。」

「不管是不是假情報，總之是條線索。偵查不是陷入瓶頸嗎？我認為有人目擊到嫌犯，是極為重要的情報。」

土門課長想了一陣，叫來一名管理官。

「得到新的事故目擊情報了。目擊者說，肇事車輛是黑色房車，開車的是這名男子。」

龍崎交出去的照片和資料被交了過去。

管理官看了資料，喃喃道。

「隆東會……」

「沒錯。有人目擊肇逃現場，作證說肇事車輛的駕駛是隆東會幹部天木兼一，你有什麼看法？」

龍崎詢問那名管理官的意見。

管理官望向土門課長，一副不解其意的表情。接著他將視線移回龍崎身上說：「也沒有什麼看法……應該立刻派調查員火速前往隆東會和天木兼一的住家，確認他人在哪裡……」

龍崎點點頭。

「我也是相同的意見，但交通搜查課長說想先確定證詞真假。」

管理官一臉不解。

「只要把天木兼一帶過來，就可以知道是真是假了。」

土門課長有些厭煩地開口說道。

「對，署長說的沒錯，立刻派調查員過去吧。」

站在土門課長的立場，不是搜查本部，而是轄區警署的調查員得到情報，或許讓他很不是滋味。

但就連小學生都明白不是計較這種事的時候。接下來管理官應該會妥善處理。

龍崎決定回去署長室。

土門課長開口。

「由署長親自下令如何？」

龍崎回應。

「那不是我的職責。」

「署長是副搜查本部長吧？」

「搜查本部長的交通部長和我都沒辦法常駐在搜查本部，所以才需要你這個搜查本部主任。對第一線的指令，應該由常駐在本部、持續掌握案件動向的人來發布。」

「目擊情報是署長帶來的，這番發言，聽起來也像是在推卸責任……」

「推卸責任？」龍崎目瞪口呆。「責任當然由我來負。」

離開搜查本部，回到署長室繼續批閱公文。龍崎幾乎是半自動地翻開公文，蓋下印章。他持續這些動作，內心思考著。

肇逃案的被害者是外務省的前官員，曾經任職於日本駐巴西大使館，頻繁前往哥倫比亞出差。

東大井命案的被害者是外務省的職員，負責南美地區。而且嫌犯有可能是外國人。

這兩個案子應該視為彼此相關吧。

然後，肇逃案的嫌犯部分，查到隆東會的幹部天木兼一這號人物。

而隆東會這個名號，最早是從緝毒官矢島那裡聽到的。

伊丹說，東大井命案的殺害手法，顯然是哥倫比亞的販毒集團和相關的左翼游擊隊的手法。

也就是說，東大井命案也有可能牽扯到毒品。

伊丹知道這些事嗎？

伊丹似乎經常出席東大井命案的搜查本部，偶爾也會過來肇逃案的搜查本部。而且伊丹是刑事部長，各種刑事案件的情報都會送到他那裡。

即使不管，應該也沒問題。肇逃案的案子，龍崎沒義務向伊丹報告。

但他實在耿耿於懷。

龍崎停手尋思了片刻。接著他掏出手機，打到伊丹的手機。

「什麼事？」

聲音壓得很低。

「你現在在哪裡？」

「在本廳開會。」

「那我再打過去。」

「等等。」龍崎在線上等了片刻，伊丹的聲音恢復如常。「你打來有事對吧？而且你主動打來的時候，幾乎都是重要的事。」

應該是離開開會的房間了。

「可以這樣開小差嗎？」

「不是什麼重要的會議。」

「可以把時間浪費在不重要的會議上，真教人羨慕。」

「你是特地打電話來挖苦我的嗎？」

「你聽說肇逃案的目擊情報了吧？」

「沒有，問到目擊情報了嗎？」

「我們署的戶高從線人那裡問出來的。開車的是隆東會的幹部。」

「隆東會……？是指定團體對吧？」

「事務所在我們轄內。」

「你特地來通知我這件事？」

看來伊丹果然沒想到。

「之前我們轄區逮捕了一名毒販，但那名毒販早就被緝毒官盯上，故意放他自由行動。所以緝毒官上門來罵人，當時發現毒販背後是隆東會在控制。」

「緝毒官……？」

「沒錯。東大井命案和肇逃案，有許多事實讓人懷疑互有關聯。首先是被害者，兩邊都與外務省和哥倫比亞有關。東大井命案中，從殺害手法看出嫌犯可能是哥倫比亞人對吧？然後緝毒官在追查的案子還有肇逃案，都和隆東會有關。」

「等等。」伊丹的語氣變了。「也就是說，這三個案子全都有關係嗎？」

「我認為應該這麼去想。」

「這下子頭痛了……」

「怎麼說？」

「光是被害者和外務省有關就夠麻煩了，現在還要加上厚勞省……」

「你是說緝毒官嗎？」

「沒錯。緝毒官在追的案子，和命案還有肇逃案有關對吧？這樣一來，緝毒官絕對會出面干預。」

「不用理他們，警方做警方該做的事就對了。」

「你老是這麼說，但事情沒這麼容易。外務省和厚勞省都會想照自己的方法行事。而我們充其量只不過是都轄組織，就算是警察廳，也大不過省。」

「不是省或廳的問題。這是命案，警方進行偵查，是天經地義的事。」

「當然，這是大前提，但實際上這個前提有許多附加條件。」

龍崎忽然覺得和伊丹談這些是浪費時間，開始邊講電話繼續蓋印章。

「就算有附加條件還是怎樣，本質都一樣。偵查命案是警方的職責。外務省和厚勞省又沒辦法逮捕殺人犯，移送檢調。」

「其實公安就是在擔心這一點。」

「這一點？哪一點？」

「萬一東大井命案的嫌犯真的是哥倫比亞的左翼游擊隊，與其說是命案，更會是政治事件。」

「沒這種事，這是不折不扣的刑事案件。警方依據國內法處理就行了。」

「這可是外務省職員遭到別國的游擊隊成員殺害，事情沒這麼簡單。」

「為什麼每個人都想要把事情想得那麼複雜？在國內發生的犯罪，由警方負責偵查，這是原則。」

「公安總會想要把事情政治化。」

「公安也是警察官。叫他們不要胡思亂想。」

「你去說怎麼樣？」

「東大井命案又不是我負責的。」

「你想要負責也可以。」

「別開玩笑了。首先，那不是我們署的轄區。再說，作案者還不一定就是左翼游擊隊吧？就算是哥倫比亞人，也有可能是販毒集團等犯罪組織的成員。」

「是這樣沒錯，但我身為刑事部長，必須設想最糟糕的情況才行。」

「設想是可以，但要是害怕最糟糕的情況，不敢採取最好的做法，那就太愚昧了。」

一陣沉默。

「你說的對。我會想一想。謝謝你通知我。肇逃案是交通部長的案子，相關消息很慢才會傳到我這裡來。」

「不要庸人自擾地想什麼外務省、厚勞省、左翼游擊隊那些，專心去辦命案。」

「我會努力。」

龍崎掛了電話。

手機才剛掛斷，桌上電話就響了。一接起來，另一頭齋藤警務課長便說：

「緝毒官矢島先生來電……」

「接過來。」

「呃……」

「怎麼了？」

「他似乎相當激動……」

「我知道了。」

電話立刻轉接到外線。

「我是龍崎。」

龍崎一報上名字，對方便叫囂起來。

「你到底是什麼存心？」

「這是在說什麼？」

「怎麼會有調查員跑去找隆東會？不是說好要找到新的毒販，繼續監控嗎？在這麼敏感的時期，居然給我亂搞！你是想要破壞偵查嗎？」

「那名調查員是肇逃案搜查本部的人，不是我派去的。」

「你以為那種小學生的藉口行得通嗎？事情發生在你們轄內，就是你的責任！」

「我們得到肇逃犯的目擊情報，不可能不加以查證。」

「關我屁事！我只是不希望我們的案子被你們毀了。」

「我們也有非做不可的事。就算對方是毒品案的偵查對象，也不可能就因此放過命案偵查。」

「命案……？你不是說肇逃嗎？」

「是非常惡質的肇逃案，我們視為凶殺案在偵查。」

「歹徒是隆東會成員？」

「目擊情報指稱是幹部之一。」

「這種事應該立刻通知我吧?不是說好要共享情報的嗎?」

「沒必要連肇逃案的情報都分享吧?」

「我是說關於隆東會的情報。你要守約。」

「我現在告訴你了。」

「應該在調查員上門前先通知我。」

「命案偵查分秒必爭,沒有餘裕事先徵詢緝毒官的判斷。」

「不要我再三提醒。警方是打算毀掉我們花了大把時間小心謹慎地祕密偵查的案子嗎?如果你們是那種態度,先前說要協助偵查的事,就當做沒說過。我們會用我們自己的方法行事。別以為區區小警察能贏得了厚勞省。」

「這不是輸贏的問題。我瞭解你們在進行大規模的毒品案偵查,但這個案子或許和兩起凶殺案有關,我們也不能收手。」

矢島沉默了片刻。

「你說和兩起凶殺案有關?什麼意思?」

是好奇的語氣。似乎總算冷靜一些了。

「東大井命案和肇逃案。」

「詳細說明給我聽。」

有這個必要嗎？

龍崎尋思了一下。兩起案子背後極有可能和販毒集團有關，同時也出現和隆東會有關的可能性。

向矢島說明狀況，若是能換取任何情報，那是最好的。龍崎做出這個結論。

「東大井命案的被害者是外務省職員。他生前任職的部門是中南美局南美課。他以俗稱『哥倫比亞領帶』的手法遭到殺害。然後肇逃案的被害者生前是退休外務省職員，以前曾派駐日本駐巴西大使館，我們查出當時他實際上負責哥倫比亞相關事務。此外，今天我們得到了肇逃案的作案者或許是隆東會幹部的情報。」

矢島沉默了。

龍崎不理會，繼續說下去。

「就像東大井命案的行兇手法顯示的，這些案子的背後，極有可能和哥倫比亞的毒品組織有關。因此現在換我請教，你在隆東會相關的毒品偵查行動當中，曾察覺到背後與哥倫比亞的販毒集團有關的可能性嗎？」

話筒傳來矢島的呻吟聲。

他一定知道什麼。

龍崎再問了一次。

「你知道嗎？」

片刻之後矢島才應話。

「我不能回答這個問題。」

「你這樣違反約定。你剛才說我應該要守約，我原話奉還給你。」

「我沒有權限將這些事透露給警方。」

「現在才搬出權限來開脫，這可行不通。我把底牌全亮出來了。如果你什麼都不願意透露，我也必須搬出你剛才說的說詞，也就是我們要用我們的方式偵查。」

矢島再次低吟。龍崎決定等他主動開口。

一會兒後，矢島開口了。

「我們的目的是查出隆東會的管道。」

「管道？」

「也就是他們是從哪裡進貨毒品的。哥倫比亞的販毒集團也是可能性之一，這我不否定。」

「有哥倫比亞人連繫隆東會是嗎？」

「我們沒有掌握到這麼具體的事證，所以才會盯著隆東會。偵查必須謹慎，然而刑警卻大剌剌地踩進來……」

「隆東會和哥倫比亞的販毒集團，兩者非常可能有連繫，是嗎？」

「沒錯，有這個可能。但現在警方上門，隆東會也會提高警覺。這下偵查起來就困難重重了。」

「會嗎？」

「當然了，你連這都不懂嗎？」

「調查員想要拘捕肇逃犯。只要逮到嫌犯，就可以問出案子的幕後內情，或許也可以揭露隆東會與哥倫比亞販毒集團的關係。」

「你說肇逃犯是幹部之一？你以為幹部有那麼容易吐實嗎？」

「警方的偵訊可沒那麼寬鬆。」

「你說東大井命案的行兇手法是哥倫比亞領帶。隆東會的人也知道這件事吧。他們明白隨便吐露口風，自己也會是一樣的下場，才不會那麼輕易就鬆口。」

「肇逃案的偵查，有可能實現後續大刀闊斧的偵查行動。如果與東大井命案也有關，那邊的搜查本部也會徹查隆東會和哥倫比亞的關係。」

「別開玩笑了。」

「這當然不是玩笑。必須查明殺人動機和背景。」

「你的意思是，警方非要槓上我們就是了？」

「我沒有這麼說。只是說明我們也有應該要做的事。」

「你們只要逮到兇手就行了吧？但我們的目標沒那麼簡單。必須揭發毒品流通路徑，加以阻斷。你知道為什麼厚勞省會有緝毒部嗎？因為毒品甚至可能會毀掉一個國家。過去鴉片戰爭的例子就是個殷鑑。我們是為了保護國家和國民而戰。」

「我也是國家公務員，保護國民的決心，和你是一樣的。」

「既然如此，就不要礙我們的事。」

「外務省的職員和退休職員遭人殺害，你是叫我們對此袖手旁觀嗎？同樣身為公務員的你，是這個意思嗎？」

矢島似乎語塞了。一陣沉默。

「我們厚勞省啊，可也是繼承了過去的內務省的職務。坦白說，外務省不關我們的事。」

「哦？不關你們的事……？不過，這應該不是你的真心話吧。」

「是不是真心話，與你無關。你說外務省的職員和退休職員因為與哥倫比亞有關的事遇害了？那八成是他們自做自受。」

「自做自受……」龍崎思考了一下。「這話的意思是，他們從哥倫比亞的販毒集團那裡得到某些好處嗎？」

「警方真的遲鈍到教人傻眼。哥倫比亞領帶是一種殺雞儆猴，意味著對叛徒的處刑。你們連這都不知道嗎？」

東大井的搜查本部應該也提出這樣的見解了。畢竟有公安參與辦案。

但龍崎一直沒有加以深思。

他覺得矢島說的沒錯。除非做出某些背叛行為，否則就算是哥倫比亞的販毒集團或左翼游擊隊，也不會專程跑到日本，以哥倫比亞領帶的手法殺人。

龍崎正默默思考，話筒那端傳來矢島的聲音。

「啊，不小心說太多了。總之，你們不要再讓刑警繼續在隆東會附近晃來晃去。」

電話掛斷了。

20

龍崎一面處理身為署長該做的雜務，一面思考是否該將緝毒官矢島的抗議轉達給肇逃案的搜查本部。

最好告知一聲吧。一肩扛下也未免可笑。搜查本部長是柿本交通部長，把擔子交給他就行了。

下午四點過後，龍崎總算有了空，可以前往搜查本部。

柿本部長不在。龍崎向土門交通搜查課長這麼說。

「我想連絡柿本部長。」

土門有些變了臉色。警察的原則是上情下達。即使是課長，也不能輕率地打電話給上面的部長。

龍崎覺得，在必須重視緊急性的警方組織裡，這種成規和顧慮，或許是最大的障礙。

但這樣的體質不是可以輕易轉變的。

「署長不是副搜查本部長嗎？署長自己連絡就行了。」

「我只是想，你們彼此都是交通部的人，或許比較方便連絡。那麼我來打電話。」

土門更顯得坐立難安。龍崎漸漸看出來，土門的外表雖然就像刑警一樣凶悍，但其實是個膽小怕事的人。

「啊，還是我來打好了。請稍等。」

土門拿起電話筒，按下熱鍵。應該是打到交通總務課。不可能是直接打給部長。

等了一會兒，土門總算說電話接給部長了。

龍崎拿起附近的電話筒。

「我是龍崎。」

「怎麼了嗎？」

「部長聽說查到嫌犯的目擊情報了嗎？」

「我已經接到報告了。聽說嫌犯是指定團體的幹部，還沒查到人在哪裡，是吧？」

「天木兼一，三十六歲，是隆東會的幹部，調查員正趕往幫派事務所和住宅。」

「很妥當。」

「其實關於這件事，我接到緝毒官的抗議……」

「怎麼回事？」

「緝毒官原本在監控某個毒販。那名毒販背後是隆東會在撐腰。緝毒官的目標是查出隆東會持有的毒品管道，加以摧毀。」

一段沉默。柿本部長應該是大吃一驚，陷入思考吧。龍崎等待柿本開口。

「這下麻煩了……」

「緝毒官將破獲隆東會及其毒品管道視為第一優先，指稱警方在命案偵查中調查隆東會是在妨礙他們偵查。」

「感覺很像他們會說的話。」

「針對毒販的監控偵查，原本說好會與大森署的刑事課合作偵查，但這次因為調查員前往隆東會的事務所找人，造成緝毒官的態度硬化。」

「合作偵查……？可以告訴我經緯嗎？」

龍崎說明從逮捕毒販開始的一連串經過。柿本部長聽完後，發出呻吟。

「為什麼不事先告訴我？」

語氣充滿怨恨。

「如果事先報告，會怎麼樣？部長要叫調查員不要靠近隆東會的事務所嗎？那樣豈不是形同對緝毒官唯命是從嗎？不管緝毒官說什麼，我們都應該做好我們自己的偵查工作。」

「話是這樣說沒錯……可是或許還有什麼更穩妥的做法。」

「更穩妥的做法？讓我們的偵查和緝毒官的要求兩全其美的方法嗎？不可能有。」

「只要維持合作關係，也可以從他們那裡得到情報吧？」

「肇逃案必要的情報，我應該已經問到了。」

「什麼情報？」

「隆東會有可能是向哥倫比亞的販毒集團進貨毒品。」

「哥倫比亞販毒集團……肇逃案的被害者，過去曾經任職日本駐巴西大使館，也參與哥倫比亞相關事務，是吧……？」

「沒錯。隆東會和毒品進貨管道的事，當做案情背景瞭解就可以了。交易規模和途徑那些詳情，應該交給緝毒官處理。」

「確實如此……」

「對我們來說，重要的不是隆東會本身，而是幹部天木兼一。只要我們能抓到天木兼一，接下來緝毒官要怎麼做，都不關我們的事。」

「是這樣沒錯，可是……」

「緝毒官指稱我們的偵查會妨礙他們的偵查。或許會使出某些手段。」

「使出某些手段……？」

「最糟糕的情況，也有可能透過厚勞省向警察廳施壓。」

「干涉命案偵查嗎？這太離譜了……」

「緝毒官很有可能這麼做。因為負責人明言說為了保護國家，緝查毒品比偵查命案更重要。唔，我覺得他這話太誇張了，但應該有一半是認真的。」

「那麼，龍崎署長打算怎麼做？」

「轄區警署的署長沒有什麼可以做的。所以我才打電話給部長。」

柿本嘆了一口氣。

「你以前待過警察廳的長官官房吧？在警察廳應該有不少門路，不能從這邊設法嗎？」

「我是遭到降級，被趕出警察廳的。菁英會怎麼對待這樣的人，部長應該很清楚。」

「我聽說你是特別的。」

「這是錯誤資訊呢。不管怎麼樣，我都沒有力量影響警察廳高層。再說，在處理這種問題上，個人的門路派不上用場。必須由高層好好處理……」

又是一段沉默。然後柿本開口。

「我明白了。我會思考該如何處理。」

「麻煩部長了。」

龍崎等對方掛斷之後才放下話筒。

矢島不知道接下來會如何出招。或許他只是在牽制警方。

緝毒官再怎麼強勢，或許也沒辦法透過厚勞省的高層向警方施壓。

但還是應該預做籌謀。把問題交給柿本部長，感覺肩上重擔輕鬆了一些。

龍崎正欲折回署長室，土門課長開口。

「我聽到署長講電話……」

「當然無所謂。我在這裡講電話，就是希望你一起聽。」

「找不到天木兼一的下落。」

龍崎重新望向土門課長。

「意思是他躲起來了？」

「應該這麼看。署長覺得應該要發布通緝嗎？」

「是啊，愈早部署愈好。」

「可是，如果對隆東會的幹部發布通緝，或許緝毒官又會囉唆。」

「讓他們去囉唆吧。總不能因為這樣，就停下我們偵查的腳步。」

「好的。我可以當成是副搜查本部長的指示嗎？」

「我說過了，責任我會一肩扛起。」

龍崎離開搜查本部，回到署長室。

他繼續蓋印章，忽地擔心起在偵查連續縱火案的特命班和戶高。

他打電話給刑事課長。

「關本課長嗎？我是龍崎。特命班和戶高後來怎麼樣了？」

「目前很穩定。因為戶高得到了重要的目擊情報，本廳特命班的人似乎也對他另眼相看了。」

「那偵查有進展嗎？」

「因為被害者之間沒有共通點，很有可能是縱火取樂，目前以目擊情報為中心在進行訪查。遭到縱火的地點都在住宅區，一定可以問到。」

市區的話，人潮流動，因此像這次的肇逃案很難得到目擊情報。

就像關本課長說的，住宅區的話，可以期待有住戶看到某些異狀。

「有進展立刻通知我。」

「是。」

龍崎掛斷電話，開始蓋印章。這天他工作到八點，下班回家。

坐到餐桌旁，喝了一口啤酒，龍崎問妻子冴子。
「美紀還在吵著要去哈薩克嗎？」
「你自己去問她吧。」
「她在家嗎？」
「在房間。」
「可以幫我叫她嗎？」
冴子去叫美紀，然後回來。一會兒後，穿著居家服的美紀過來了。
「去哈薩克的事怎麼樣了？」
「得準備出國才行……要先申請簽證。」
「不是需要當地的邀請函嗎？」
「現在不用邀請函，有推薦信就行了。格式可以上網查。」
「你真的要去？」
「我必須好好和忠典談一下才行。」
「等忠典回國的時候再談就行了吧？」

「這種事重要的是時機。必須當機立斷。否則會拖拖拉拉，做不出結論，就這樣虛度光陰。」

「你已經有結論了嗎？」

「要談過之後再做結論。」

「說這種話的時候，通常都已經有結論了。」

「也有不是的時候啊。」

龍崎問冴子。

「你的看法呢？」

「咦，真稀罕。」

「什麼事稀罕？」

「你居然會問我的意見。」

我沒這麼大男人吧……？

「那你怎麼想？」

「美紀已經不是小孩子了，看她自己怎麼決定。」

這種情況，母親或許更剛強。

龍崎對美紀說：「爸爸很擔心你，不希望你去。」

「不用擔心啦，忠典就在那裡啊。」

「年輕女孩一個人出國，這實在……」

「咦，一個人出國旅行的女生多得是啊。」

「總之爸爸反對。你好好考慮一下。」

「我已經考慮過了。」

「再更仔細考慮一下。」

美紀默默低頭，一會兒後才抬頭回道。

「好。」

隔天，龍崎一如往常，八點前就進署裡了。

和齋藤警務課長討論之後，他前往肇逃案的搜查本部。

柿本交通部長和伊丹在位置上。

兩人正一臉嚴肅地交談。龍崎走近，他們便打住了話。

龍崎坐下後，伊丹開口。

「我向交通部長報告東大井和這邊的案子的關聯。」

「這樣。」

「包括緝毒官的案子在內，三個案子互有關聯。」

「看來如此。」

「聽說肇逃案這邊，你指示通緝隆東會的幹部？」

「對。不管任何人來看，這都是當然的處置吧。能決定是否要通緝的是部長，但我認為應該這麼做。」

「聽說你會負責？」

「我當然會負責。」

伊丹點點頭。感覺他這個動作別有深意。

偵查會議開始，對話中斷了。

調查現場和人際關係的各小組陸續報告。

肇事車輛的調查似乎有所進展。調查員原本就針對汽車修理工廠和中古車行進行地毯式調查，但因為有了隆東會這個線索，逐漸鎖定了對象。

天木兼一依然下落不明。但龍崎認為一旦通緝，找到人也只是時間的問題。

在會議最後，柿本部長說道。

「對於通緝隆東會幹部天木兼一的做法，似乎有人提出質疑，目前暫時不發布通緝，以非公開方式追查其下落。」

龍崎大吃一驚。

因為是部長的宣布，當然沒有人反駁，也沒有人提問。

一定是顧及到緝毒官的顏面。這太荒唐了。

龍崎正欲發言，伊丹按住他的肩膀。

「我有話跟你說。」

柿本部長也在看龍崎。

不好的預感升起。

21

土門交通搜查課長和理事官裝出若無其事的樣子離席了。留在主位上的，只剩下龍崎、伊丹和柿本交通部長三人。

不好的預感更強烈了。

「你要跟我說什麼？」龍崎問。

「你記得昨天我在電話裡說的話嗎？說可以請你負責東大井的案子。」伊丹說。

「這玩笑一點都不好笑。」

「不是玩笑。不光是東大井的案子，還有這起肇逃案，以及和緝毒官的交涉，我認為都由你來主導，是最好的做法。」

「真的一點都不好笑。」

「完全掌握這三起案子的就只有你。」

「我並沒有掌握。東大井命案，我根本不清楚詳情。」

「但你在外務省有自己的門路，接觸到與核心相關的情報。」
「與核心相關的情報？」
「哥倫比亞的販毒集團。」
「販毒集團？你不是說左翼游擊隊嗎？」
「公安調查後，刪去遊擊隊的可能性了。是他們拚命調查後的結果，應該錯不了。」
「太好了呢。」
「太好了？」
「這下公安應該就會心滿意足，從案子抽手了吧？」
伊丹皺起眉頭。
「但也並非如此。東大井的命案在微妙的地方，似乎牽扯到公安。」
伊丹這話一瞬間勾起龍崎的好奇，但他覺得不該追問。像這樣分享祕密，讓對方萌生同袍意識，是伊丹的一貫技倆。
龍崎沉默不語，伊丹繼續說下去。

「這起肇逃案也是，是你從外務省的門路得到有力情報的。被害者過去頻繁進出哥倫比亞。也就是說，是你找出東大井命案和這起肇逃案的關聯的。」

「我只是一介轄區署長，沒道理身兼兩個搜查本部。」

「拘泥職位和立場，這一點都不像你。你有這個實力，這樣不就夠了嗎？」

「哪裡夠了？搜查本部有本廳的部長和課長，還有理事官和管理官。你以為這些人會聽令於區區小署長嗎？」

「會。」伊丹以莊嚴的語氣說。「你跟我一樣，都是警視長。」

「警察組織沒那麼簡單，可以單看階級辦事。」

「不光是階級。我說過了，你有實力，也有實績。這是我和柿本交通部長討論之後做出的決定。」

龍崎大吃一驚。

「決定？也沒有跟我商量一聲？」

「我相信你一定會答應。」

龍崎看向柿本。

「部長真的認為可以把搜查本部交給我嗎？」

柿本一本正經地點點頭。

「雖然有些晚了，實在抱歉，但我查過了署長的實績。我認為署長的話，絕對可以勝任。」

「既然如此，為何取消我的指示？」

「你的指示？」

「對隆東會的天木兼一的通緝。」

「這是顧慮到你的立場。」

「我的立場……？」

「不只是東大井命案和肇逃案，往後也必須請你負責與緝毒官連絡。如果現在對隆東會的幹部發布通緝，緝毒官又會提出強烈抗議了。」

緝毒部的事，用不著柿本再說。反正矢島一定又會打電話向龍崎抗議。

他原本認為矢島的事交給部長應付就行了，但看來柿本想要把球丟回龍崎手上。

「如果演變成為避免觸怒緝毒官而縱放嫌犯，那該怎麼辦？」龍崎說。

柿本有些退縮的樣子。

「我會要調查員繃緊神經，避免這種情形。」

「這不是繃緊神經就能如何的問題。必須採取最好的措施，讓調查員能充分發揮實力。」

伊丹打圓場。

「噯，別這樣責怪部長，是我說不要發布通緝的。」

「為什麼？沒必要對緝毒官那樣陪小心。警方做好警方該做的事就行了。」

伊丹再次皺眉頭。

「不只是緝毒官而已。」

「什麼意思？」

「我不是說，東大井的案子以微妙的形式牽扯到公安嗎？」

龍崎並不想聽，但事已至此，似乎非聽不可了。龍崎默默等待下文。

「公安諱莫如深，是我直接向公安部長問出來的。其實公安的極少數高層，似乎知道被害者若尾光弘這個人。」

龍崎忍不住皺眉。

「是認識他這名外交官嗎？」

伊丹搖搖頭。

「似乎有某些複雜的內情。但公安部長也說他不清楚底細。」

「你說公安極少數的高層，但警視廳裡公安的首長就是公安部長。怎麼可能連這個部長都不清楚底細？」

「特考組菁英調動頻繁，所以有時候關於上任前的機密，也是有可能不知情的。」

「那，認識被害者若尾的是誰？」

「公安的首長其實不是公安部長，而是警察廳的警備局。」

這部分其實狀況有些複雜。警視廳一般的部門，比方說刑事部、交通部、生活安全部、地域部等，首長確實是部長，上司是警視總監。

但只有公安部和警備部，是歸警察廳警備局管轄的單位。當然，組織上並非如此，但實際上公安部的調查員，似乎都是抱著聽令於警察廳警備局的心態在行動。

因為公安案件和警備案件，範圍多半都是跨都道府縣。而且公安部和警備部的任務更著重於守護國家安全，而不像其他部門，是偵查與民眾密切相關的犯罪和違法情事。

因此有時也會遭人在背後批評為「特高（註：特高即特別高等警察，是二戰前的日本祕密警察組織，在戰時以維持治安的名目，進行各種鎮壓、監控人民及箝制思想的行動）餘孽」。附帶一提，有公安部的就只有東京都的警視廳，其他道府縣警則是在警備部設有公安課及外事課。

「那麼，向警察廳的警備局問出詳情就行了。」

「你也清楚那夥人是什麼德行吧？他們才不可能輕易向外人洩漏祕密。」

「不是未戰先降的時候吧？即使不擇手段也要問出來。」

「如果能夠，這件事也希望由你來辦。」

龍崎驚愕極了。

「你連這都要推給轄區署長？不是該由你這個部長來做嗎？」

「當然，我也會努力向警察廳警備局打聽，但同時也期待你在外務省的門路。」

「外務省的內山暗示若尾命案背後有哥倫比亞的販毒集團。他更進一步透露，肇逃案的死者八田生前任職日本駐巴西大使館期間，頻繁進出哥倫比亞。我覺得他已經最大限度地透露情報給我了，不可能從他那裡再問出更多。」

「對方應該也想要知道警方的狀況。應該有討論的餘地吧？」

「討論？這可是命案偵查。需要的話就申請令狀，強制偵查就行了。」

「當然是這樣，但若尾和八田不是嫌犯，而是被害者，沒辦法對外務省發動搜索。所以才需要管用的情報來源。」

狀況變得棘手到可怕，龍崎想。再怎麼樣天大的麻煩，如果是公務員的工作，他樂於承擔。但伊丹提出的做法，他覺得相當沒道理。

「一介署長指揮多個搜查本部，這聞所未聞。」

「你是肇逃案的副搜查本部長。就算指揮搜查本部，也合情合理。」

「東大井不是我們署的轄區，這太不自然了。」

「是你提出肇逃案和東大井命案的關聯的。兩案背後應該橫亙著相同的問題。就是要揭開真相。」

「你以刑事部長的身分參與兩邊的搜查本部，應該由你來統括吧？」

「比起我，你更為適任。我和柿本部長這麼判斷。」

伊丹是個說一不二的人。儘管看起來親切隨和，其實是個非常頑固倔強的傢伙。然後如果事情無法如他所願地發展，他就無法忍受。

不管如何分辯，他都不肯回心轉意吧。既然如此，也只有接下了。龍崎暗自嘆息之後，開口這麼說。

「我有條件。」

「條件？」

「既然要我接受，就要接受我的做法。」

「這沒有問題。」

「你和柿本部長也要接受我的指揮，這樣也行嗎？」

伊丹和柿本對望，柿本點點頭，伊丹接話。

「當然會是這樣。但是你也知道，我們沒辦法常駐在搜查本部。」

「我需要部長的權限。就算你不到場，只要幫我下達指示就行了。」

「好。」

「我也跟你們一樣很忙，所以需要專責替我行動的人。」

「派你能信任的部下就行了。」

龍崎搖頭。

「我的部下地位太低了。」

「那誰才有辦法？」

「因為是要處理大井署和大森署兩邊的案子，第二方面本部的人才適任。第二方面本部有個叫野間崎的管理官，用你的權限把他叫過來。」

「第二方面本部的野間崎……？你跟他不是犯沖嗎？」

「是不是犯沖不重要，有用就行了。」

「我知道了。」

「兩邊的搜查本部的情報都集中到大森署的署長室。野間崎也要待在署長室裡。」

「署長？在搜查本部這裡不好嗎？」

「我說過了，我也跟你們一樣忙。要是離開署長室，工作就會愈積愈多。署長室有電話、有無線電，也有電腦網路，完全足以發揮功能。」

「我本來想要你往來兩邊的搜查本部……」

「我要用我的方法做。這是要我答應的條件吧？」

「好吧。」

「那，這一點要實際主持搜查本部的主任徹底落實。要他把所有的情報送到署長室……為此我需要幾名連絡人員。從這邊的搜查本部派幾個人吧。」

柿本部長點點頭。

「好，我會立刻安排。」

龍崎更進一步對伊丹要求。

「你要盡量從警察廳警備局打聽出消息。你問到的內容，或許可以成為和外務省的內山交涉的材料。」

「我會試試。」

「還有另一點。」

「什麼？」

「對隆東會的天木兼一發布通緝。」

伊丹眉頭緊鎖，思考了一陣，但很快便點了點頭。

「好。既然你願意面對緝毒官和公安的抗議，就照你說的做吧。」

龍崎沒有說話。沒必要回答。

伊丹交互看了看柿本和龍崎。

「那我回去本廳了。有事再連絡。」

龍崎也決定回去署長室。

兩名接聽無線電和電話的人員前來署長室了。是原本被調去搜查本部的大森署署員。

上午十點，第二方面本部的野間崎管理官帶著複雜的表情前來了。他瞥了會議桌旁的連絡人員一眼，對龍崎問道。

「我接到命令，前來這裡接受署長的指揮。這是怎麼一回事呢？」

「你沒聽到說明嗎？」

「聽說龍崎署長要統括兩個案子的搜查本部……說詳情署長會對我說明。」

「你知道東大井的命案和大森署轄內的肇逃案吧？」

「當然。」

「還有另一件事，我們轄內抓到一名毒販，緝毒官針對這件事，對我們提出強烈的抗議。因為那名毒販是緝毒官監視的目標。」

聽到緝毒官，野間崎的表情沉了下來。

「然後呢……？」

「現在由我主導這三個案子。」

「由署長……？」

「這是刑事部長的陰謀。」

「陰謀？」

龍崎將來自外務省的內山和伊丹的情報，和目前已知的事實，詳細說明給野間崎聽。

野間崎聽完後，沉思了半晌。他應該正在努力消化內容。過了好一陣子，野間崎說：「署長總是像這樣一邊說話一邊批閱公文嗎？」

被他這麼一說，龍崎才察覺到自己確實正一邊說話一邊蓋章。

「不這麼做，就沒辦法在今天以內處理完公文……」

「不過，署長真是接下了不得了的重擔呢。」

「我也這麼想。」

「為什麼是我？」

龍崎停手抬頭。

「什麼？」

「我納悶為什麼署長會指名我……」

為什麼呢？

龍崎思考。一定還有更容易使喚的人。

「只是當下想到，沒什麼特別的理由。」

「我瞭解了。那麼。現在我要做些什麼才好？」

「兩邊的搜查本部會有連絡進來，你替我統整連絡的內容。這是管理官在搜查本部的工作，你應該很熟悉吧？」

「嗯，是啊……」

「隨便找個位置自己坐。」

龍崎指著連絡人員相鄰而坐的會議桌周圍的空椅。

「好的……」

野間崎一臉無法釋然，在離署長席最近的椅子坐下。接下來龍崎便把野間崎拋到腦後，繼續蓋印章。該批閱的公文連三分之一都還沒有處理完。

兩名連絡人員接到幾通電話。他們將內容寫下來，傳給野間崎，野間崎彙整內容。龍崎認為如果有必要，野間崎自己會向他報告。

署長室外傳來吵鬧聲。有人在怒吼。野間崎和連絡人員望向門口，納悶出了什麼事，但龍崎早已預料到這種情形。

緝毒官矢島踩出重重的腳步聲，直闖署長室。

「警察到底要妨礙我們到什麼地步才甘心！」

矢島劈頭暴喝。野間崎和連絡人員嚇得瞪圓了眼睛站起來。龍崎淡淡地繼續蓋印章。

22

「是為了天木兼一的通緝令，對吧？」

聽到龍崎這話，矢島更加逼近署長席。

「一旦公開偵查，隆東會的名號當然會出現在媒體。隆東會會閉上嘴巴，安分守己。這下叫我們怎麼偵查毒販的動向？你要怎麼負責？」

龍崎交代站在原地的野間崎和兩名連絡人員。

「這位是緝毒官矢島。你們不用在意，繼續工作。」

他們如坐針氈地坐了下來。矢島一副不把他們放在眼裡的態度，只瞪著龍崎。

「我自以為是在協助緝毒官。」

「搞出這種事來，還敢說協助？」

龍崎放下署長印章，回看矢島。

「那麼我請教你。監視毒販，你想要得到什麼結果？」

「這還用說嗎？揪出背後的毒品來源，加以破獲啊！」

「具體來說是怎麼做？」

「我沒必要告訴警察。」

「查出隆東會和哥倫比亞販毒集團的關聯，舉發相關事證，對吧？」

矢島稍微後退。

「既然明白，就不要礙事。」

「所以我說我是在協助，不是礙事。若要逮捕天木兼一，就必須搜查隆東會。」

「要是對隆東會發動搜索，真的會毀了一切。」

「我無法理解。緝毒官的目的，不是要防範毒品入境和買賣於未然嗎？」

「這又怎麼了？」

「只要對隆東會發動搜索，或許就可以掌握與哥倫比亞販毒集團交易的線索。」

「毒品緝查不是這麼簡單的事。」

「你是不是太想抓到大獵物，而迷失了最重要的目的？」

「什麼？你這話是什麼意思？」

「感覺你想要像過時的電影或電視劇那樣，親臨毒品交易現場，來個一網打盡。」

「這有什麼不對嗎？一網打盡才是我們的目標。」

「在港口角落，兩派黑幫首腦一手交錢一手交貨。這時特別搜查官闖入現場，一陣槍戰，逮捕或射殺黑幫成員……你總不會是在想像這樣的狀況吧？」

「你是在嘲笑我們嗎？真實的毒品交易更要巧妙多了。資金也立刻就會被洗掉。所以才需要謹慎且耐性十足的祕密偵查。」

「既然如此，利用這個機會怎麼樣？隆東會只要稍加調查，問題多得是，光靠這些罪嫌，不光是扣押物品，還可以拘留成員，或許也可以問出毒品的情報。」

「我們必須掌握真實狀況。」

「想要一舉殲滅，風險太大了。所以你也才會一再強調必須慎重不是嗎？因為這等於是為了一網打盡而冒險走鋼索。但不採這種做法，而是去一點一滴削弱隆東會的力量，不會更有效嗎？我認為這樣風險更小，也更有效果。」

「不要干涉我的做法！」

「你們的首要目的，應該是防堵毒品買賣於未然。既然如此，重要的應該不是孤注一擲，而是確實地累積實績。」

矢島默默地瞪了龍崎半晌。然後開口說道。

「你剛才要我利用這次機會？這意思是，我們也可以參與現場搜索嗎？」

「這要看你們。就像我之前說的，天木兼一的嫌疑是肇逃……也就是違反道路交通法、駕車過失致死罪，或是殺人罪，但背後顯然與販毒集團有關。即使我們請求緝毒官協助，也合情合理。」

矢島更繼續思考了一下。

「你的意思是，搜索行動中扣押的物品還有人，都可以交給我們？」

「這也必須請求檢察官的判斷，但這部分讓厚勞省和法務省協商決定就行了。只要不妨礙命案偵查，我沒有意見。」

矢島又稍微離開龍崎的辦公桌，自言自語地喃喃起來。

「一點一滴削弱隆東會的力量嗎……？」

龍崎默不作聲，繼續蓋印章。

「以前你說過天木兼一是殺人罪吧？」矢島接著說。

他的聲音降溫了許多。又來了，龍崎心想。

龍崎邊蓋章邊應聲。

「應該會是殺人。雖然要看偵訊結果，但從狀況來看，顯然具有殺意。」

「你說東大井的命案也有關聯，兩邊都有哥倫比亞的販毒集團牽涉其中？」

「我認為可能性相當大。這部分如果你們能提供情報，幫助會很大。其實東大井命案和肇逃案這兩個搜查本部，現在已經統一由我來指揮。因此才會請他們駐守在這裡。」

矢島總算看向野間崎和兩名連絡人員。

接著他又把目光移回龍崎，皺起眉頭。

「指揮兩個搜查本部……？」

龍崎點點頭。

「是刑事部長塞給我的。」

矢島語帶訝異。

「要求轄區署長同時指揮兩個搜查本部？警方也太胡來了吧？」

「一點都沒錯。」

「這兩個案子的被害者都和外務省有關是吧？一個是中南美局南美課的人嗎……？那邊的作案手法是哥倫比亞領帶。」

「沒錯。」

「肇逃這邊，死者以前在日本駐巴西大使館工作，和哥倫比亞有關……蒙上作案嫌疑的，就是隆東會的天木兼一，是嗎？」

「是的。你說過，哥倫比亞領帶有殺雞儆猴的意義。我想請教專家的意見，這也代表說，他們兩個對哥倫比亞販毒集團做出了某些背叛行為嗎？」

「至少有一個是叛徒吧。」

「一個……？」

「如果兩個都是叛徒，應該會以相同手法殺害才對。販毒集團絕不留情。」

「那，為什麼曾在日本大使館工作過的八田道夫會被用那種方式殺害？」

「因為他不是直接背叛吧。」

「什麼意思？」

矢島聳了聳肩。

「他只是牽線。這樣的話就說得通了。也就是那個叫八田的有可能派駐在巴西，進出哥倫比亞的時候，被販毒集團的人找上了。然後他介紹了南美課的人給對方。是叫若尾嗎？那傢伙直接跟集團打交道，但結果背叛了人家，所以被殺雞儆猴了。而八田只是介紹若尾而已，所以對集團的人來說，還不到需要殺雞儆猴的程度，但也不能留他活口，所以才會叫隆東會把人收拾掉吧。這或許也有測試隆東會值不值得信賴的意思在裡面。」

龍崎停下手，望向矢島，在腦中分析他的說法。

「原來如此，如果就像你的推理，從外務省的職員口中，應該很難問出事實。」

「唔，應該是吧。」

「但現職外務省職員，有可能和販毒集團合作嗎？」

「就算有也沒什麼好奇怪的。從販毒集團的感覺來看，籠絡政府職員根本就是日常。不同的只在於是國內的政府機關，還是海外的而已。」

「外務省的南美課職員，能為販毒集團提供什麼好處？」

「首先可以想到的就是發簽證吧。在集團的人來日本的時候，安排就業簽證。再來就是運送貨物。毒品交易最辛苦的環節，就是如何把貨帶進國內。如果可以混進外交貨物，運貨就簡單太多了。」

「遇害的若尾為販毒集團提供這些好處，收取報酬……？」

「外務省的職員是以哥倫比亞領帶的手法遇害的不是嗎？要不是這樣，不可能用這種手法殺人。」

「要是真有這樣的醜聞，外務省一定會拚命掩蓋吧。」

「所以我就說了啊，外務省不關我的事。喔，跟你在一起，都會不小心說太多。要是偵查有什麼進展，馬上通知我，知道嗎？」

矢島話一說完，便匆匆離開了。

龍崎繼續蓋印章，再次分析矢島剛才的話。

野間崎的聲音傳來。

「還好嗎？」

「什麼東西還好？」

「剛才的是緝毒官吧？不會留下後患嗎？」

「那是他的手段。」

「他的手段……？」

「每次都跑來抗議囉唆，但其實是期待從我這裡得到情報。所以才會一再打電話來，或是親自跑來。」

「結果最後他接納了署長的建議呢。」

「這也是老樣子了。」

「署長真的跟任何人都是邊說話邊蓋章呢。」

野間崎語帶無奈。龍崎抬頭看過來。野間崎一臉驚恐。

「抱歉，我太多話了。」

「不是，我在回想矢島的話時，想到一件事……」

「什麼事？」

龍崎沒有回答這個問題，逕自吩咐野間崎。

「我想連絡柿本交通部長。他應該在本廳。幫我打電話。」

野間崎瞬間露出畏縮的表情。

「打給交通部長嗎？」

是聽到部長而卻步了吧。

「說是大森署的龍崎要找，應該不會有人擋下來。」

「是……」

野間崎伸手拿起話筒，說了兩三句後，向龍崎回報。

「交通部長本人在線上。」

龍崎接起電話，劈頭就說了一長串。

「我想知道八田道夫派駐日本駐巴西大使館期間，駐巴西大使館的警察官姓名。應該有以駐外公館警備對策官，或是一等書記官等身分派駐在那裡的警察官。還有，那個人現在是什麼職務……？」

駐外公館警備對策官，負責大使館和領事館等地的警備工作。是自衛官、海上保安官、入國警備官、公安調查官等人員以借調至外務省的形式被任命，警察官當然也一樣。

此外，一等書記官也是特考組的研修職位之一。

「你想要知道這些做什麼？」

「我好像漸漸看出案子背後有什麼文章了。」

「為什麼我得調查這些事？」

聲音聽起來有些不滿。柿本是想表達這不是部長該做的事。

「我並不是要部長親自去調查，只是需要部長的權限來調查。特考組有許多派駐到大使館的例子。他們回國後的人事，階級低的人或許難以查到。」

「案子背後有什麼文章？」

「還不能明確斷定。」

「好吧。既然都交給你指揮了，就照你說的做吧。」

「麻煩了。」

龍崎掛了電話。他停下蓋印章的工作，想要整理思路。以矢島的話為契機，他覺得似乎漸漸看出整個案子的脈絡了。

矢島只是說出他的推論，但龍崎認為這是或然性極高的推論。

就像矢島說的，除非若尾做出了某些背叛行為，否則不可能在日本國內以那種手法遭到殺害。

問題是他做出了什麼樣的背叛行為……

「署長……」

野間崎的聲音打斷了思考。

「怎麼了？」

「找到肇逃的車輛了。在與隆東會有關的汽車修理工廠，進行了板金、烤漆及刮除並重製車體編號等等的改造工程。據說原本預定拆成零件，送去俄國。搜查本部認為應該是準備賣掉。」

這代表偵查正穩紮穩打地進行。

「有天木兼一的下落嗎？」

「好像還沒有。」

「既然明白車輛與天木兼一或隆東會有關，就可以申請到對黑幫事務所的搜索及扣押令狀。要肇逃案的搜查本部去準備。」

「好的。」

野間崎近乎意外地服從龍崎的指揮。他應該對龍崎心存反感才對。

對付這種人，有幾套方法。首先是忽略。但只要野間崎在方面本部，而龍崎是該方面本部底下的轄區署長，就不可能忽略他。

另一種方法則是盡量把他放在身邊，等待他的理解。如果反感是源自於誤會，有時這樣就能化解問題。

龍崎真的是反射性地指名了野間崎。他自己也不明白理由是什麼，但或許他是期望能得到野間崎的理解。

看看時鐘，才上午十一點多。有辦法在日落前進行房屋搜索。還有時間。或許今天就可以行動。進行房屋搜索時，必須通知矢島才行吧。如果緝毒官要求共同進行搜索，也必須通知檢察官和調查員。

如果緝毒官對扣押的物品和人有任何要求，讓檢察官去決定就好。只要能充分對肇逃案進行偵查就夠了。龍崎如此判斷。

午餐決定叫外送。他也對野間崎和兩名連絡人員這麼說。叫外送的話，就不用離開座位。警務課人員記下四人點的餐點，離開署長室時，龍崎桌上的電話響了。

齋藤警務課長說是柿本交通部長打來的。

「我是龍崎。」
「八田道夫在日本駐巴西大使館任職了四年，距今三年前結束任期，那段時期派駐在日本駐哥倫比亞大使館的警備對策官是自衛官。」
「沒有警察官嗎？」
「有特考組人員以一等書記官身分赴任。」
為什麼不先說？是在吊人胃口，還是想要明確表示赴任的警察官只有一個人……？就好意地解讀為後者吧，龍崎心想。
柿本的聲音繼續著。
「姓名是折口秀彥，四十八歲。和八田道夫一樣，在三年前調動回國了。」
「字怎麼寫？」
「折疊的折，入口的口，優秀的秀和彥。」
「現在在哪個單位……？」
「警察廳警備局警備企畫課，是理事官。警備企畫課有兩名理事官，折口秀彥是第二理事官。是所謂的地下理事官。」

警察廳的警備企畫課，是公安的司令塔。全國的公安情報都集中在這裡。這裡的理事官統括綜合情報分析室，俗稱「零（ZERO）」。獲選進入這個單位進行為期一年的研習，被視為全國公安調查員的最高名譽。統括零的理事官，被學員稱為「校長」。

也就是說，警備企畫課的第二理事官，不管在組織或人脈上，都對全國的公安握有巨大的影響力。

「我知道了。謝謝。」

龍崎只這麼說。

「這樣就可以了嗎？」

「足夠了。」

「為什麼署長想要調查折口理事官的事？我完全不明白……」

「一旦掌握了確實的狀況，我會向部長報告。目前請先以逮捕天木兼一為第一優先。也請安排、準備對隆東會發動搜索。」

隔了一拍後，柿本回應。

「我知道了。再見。」

電話掛斷了。龍崎放下話筒，盯著自己抄下的便條。上面寫著「警備企畫課　折口秀彥」。

他覺得所有的碎片都自然地回歸應屬的位置，開始呈現出一幅圖像。

如果真的發生了龍崎所推測的事，公安會插手也是情有可緣。此外，警視廳的公安部長不知道狀況，或許也不全然是謊言。

龍崎打電話給外務省的內山。他又假裝不在了。

「我會每隔十分鐘打去，直到內山先生接電話。」

對方好像記得這件事。

「請稍等。」

龍崎足足等了三分鐘左右，話筒才傳來內山的聲音。

「偵查有進展了嗎？」

「嗯，也可以這麼說。」

「查出什麼了嗎？」

「警察廳有一位折口秀彥，你知道這個名字吧？」

內山啞然失聲。

23

內山只停頓了短暫的片刻。但他的沉默，意義昭然若揭。龍崎靜待對方發話。

話筒傳來內山的聲音。

「這件事，警方內部已經公開了嗎？」

「這件事是指哪件事？」龍崎問。

「是你主動來電的，就請別裝蒜了。Undercover的事。」

Undercover，也就是祕密偵查或臥底偵查。

果然——龍崎心想。

「意思是遇害的若尾和八田，其實是臥底人員，是嗎？」

內山發現自己的失手，聲音有些慌亂。

「我不能再透露更多了。」

對龍崎來說，這樣就足夠了。

「沒關係。感謝你提供情報。」

「請等一下，你還沒有回答我的問題。」

「問題？」

「這件事，警方內部已經公開了嗎？」

答案應該已經很清楚了，但內山還是非確認不可吧。或許他不願意承認自己的敗筆。

「不，還沒有公開。」

「但你已經發現了。」

「依邏輯來推理，自然可以得出這樣的結論。」

「我完全中了你的計嗎？」

「中計？我只是提出問題而已。因為警察廳的折口秀彥，在八田派駐日本駐巴西大使館的同一個時期，派駐在日本駐哥倫比亞大使館，擔任一等書記官……」

「你是那種成為敵人時會最棘手的人。」

「我們一樣都是公務員，卻覺得會與對方為敵，這太奇怪了。」

「我認為公務員的身邊全是敵人。」

「那麼，你應該修正這個觀點。」

「警方打算如何處理這個問題？」

「我只是在偵查命案和肇逃案而已。在偵查的過程中，若有必須查明的事，就予以查明，如此罷了。」

「真是太明快了。我開始羨慕起這樣的你來了。這絕對不是挖苦，而是我的肺腑之言。」

「這並沒有什麼值得羨慕的。」

「真的很抱歉，我能夠幫忙的就到這裡了。我會祈禱偵查順利。那麼，再見。」

電話掛斷了。

龍崎立刻打到伊丹的手機。

「怎麼了？」

伊丹一接起電話就這麼問。

「你從警察廳那裡問出什麼了嗎？」龍崎問。

「警察廳防得很嚴……」

「你找誰打聽？」

「請熟識的刑事局朋友替我傳話。」

「為什麼不直接去找警備局？」

「做事是有步驟的。警視廳刑事部的人沒辦法直接找上警備局問話。」

「為什麼老是這樣拐彎抹角、浪費時間？」

「不是浪費時間。得顧及公安部長的面子，也有警察廳刑事局的顏面要顧。你也在警察單位做了這麼多年，這些事還明白吧？」

「不明白。浪費時間就是浪費時間。」

「要是每個人都像你，事情就好辦多了吧。」

「每個人都應該像我這樣。」

「可惜的是，這太困難了。」

「沒時間拖拖拉拉了。警備局警備企畫課有個折口秀彥，是第二理事官。你去找那個人。」

「折口理事官的話，我見過他。他知道案子的什麼事嗎？」

「問本人就知道了。」

「別說得那麼容易。說到警備局警備企畫課的第二理事官，是『零』的校長呢。不可能輕易見到他本人。」

「他不肯見的話，帶令狀過去就行了。」

「別胡扯了。」

「不是胡扯。如果他不肯配合任意偵查，就發動強制偵查，這是警察官的常識吧？」

「折口理事官的名字到底是從哪裡冒出來的？」

龍崎簡要地說明。聽完之後，伊丹說道。

「只是八田派駐在日本駐巴西大使館的期間，他人在日本駐哥倫比亞大使館而已的話……」

「我對外務省的內山提到折口秀彥的名字，他的語調當場變了。他透露折口秀彥參與了臥底偵查。」

伊丹沉默了。是在把龍崎剛才的說法，與至今的來龍去脈相印證吧。他應該也理解狀況了。

片刻後，伊丹說。

「好，我去找折口理事官。」

「只要明白殺人動機，案情也會有所突破。」

「你也跟我一起來。」

「什麼？」

「我會設法安排見面。所以你也一起來。」

「你又不是三歲小孩了，自己一個人去就行了。」

「你才瞭解全盤狀況。查到折口理事官的也是你。」

「但你也瞭解狀況了。」

「別囉唆了，跟我一道去。或許我會需要你的支援。」

龍崎想了一下，回道。

「真沒辦法。時間決定後再通知我。」

「好。」

龍崎掛了電話。他注意到野間崎和兩名連絡人員正以奇妙的表情看著他。連絡人員甚至面色蒼白。

「怎麼了？」

龍崎問三人。野間崎應道。

「呃……只是擔心我們聽到剛才的電話內容沒問題嗎……？」

「當然沒問題。這些都是在偵查過程中發現的事。」

「總覺得如果能夠，好像不太想知道……」

「那就當做沒聽到就行了。我覺得沒必要隱瞞。」

「不過，署長總是讓人跌破眼鏡。」

「什麼？」

「署長剛才是和刑事部長講電話對吧？」

「是啊，怎麼了？」

「不，沒事……」

野間崎別開目光，兩名連絡人員也一樣。龍崎覺得他們實在古怪。

後來過了一會兒，連絡人員的電話響了。是肇逃案搜查本部的土門交通搜查課長打來的。野間崎報告電話內容。

「對隆東會的住家搜索及扣押令狀下來了。將於十四時執行。」

龍崎看時鐘。剛過中午十二點。

「好。」

他回應野間崎後，立刻打電話給緝毒官矢島。

「喂，矢島。」

「我是龍崎。」

「喔，署長啊。你居然主動打電話來，真難得。」

「今天十四時，警方將要對隆東會執行搜索票。我是來通知你這件事的。」

「等一下，要發動搜索的話，不是要跟我們一起嗎？」

「那是你誤會了。」

「誤會？」

「我只說要看你們。」

「我們也會帶人過去。這算是聯合搜索，對吧？」

「我之前也說過，這要看檢察官決定。厚勞省和法務省自己討論吧。」

「搞那些的話，怎麼可能趕得上十四時？你現在就決定。」

龍崎稍微想了一下，立下決斷。

「好吧。請緝毒官也參加住宅搜索。搜查本部說十四點準時執行，請別遲到了。」

「我知道。」

電話掛斷了。

野間崎不安地問。

「沒問題嗎？」

「什麼東西沒問題？」

「讓緝毒官參加搜索……」

「他們也有偵查權，只要由申請令狀的人執行就沒問題。」

「喔……」

野間崎沒有再針對這件事多說什麼。不同的單位分頭偵查同一個案子，這原本就很不自然。能夠合作的地方，就應當彼此合作，這有何問題？

龍崎判斷，在肇逃案的偵查中，對隆東會發動搜索，應該會是一個重要關頭。已經發布了對天木兼一的通緝令。落網也只是時間的問題。

只要確實指示應該前進的方向，搜查本部應該能充分發揮功能。其餘的交給第一線就行了。

手機震動。是伊丹打來的。

「折口理事官那邊，我設法約到了。對方說十五時開始，可以見我們十五分鐘。」
「十四時開始，要對隆東會執行搜查，這你也聽說了吧？十五時正在搜查當中啊。」
「交給交通部和搜查本部吧。我們要去做只有我們能做的事。」
龍崎覺得以伊丹而言，這話難得正經，但沒有說出口。
「好，十五時對吧？」
「要先約在哪裡嗎？」
「不用。我們都很熟悉警察廳，就在那裡見面吧。」
「好。」
伊丹的聲音緊張兮兮。龍崎覺得緊張也沒用，只要針對應該要知道的事提出質問就行了。龍崎淡淡地繼續蓋印章。
約好的時間五分鐘前，龍崎來到警察廳警備局。雖然是以前上班的機關，但他並不特別感到懷念。對龍崎來說，政府機關大樓只不過是工作的容器。

當然大部分的職員他都認識，但也沒必要寒暄。有幾個人向他頷首，但沒有人親近地上前招呼，龍崎也完全不以為意。

告知來意後，龍崎被請到小會議室。對方說要帶路，但龍崎婉拒說不用。

伊丹已經到了。果然緊張兮兮的樣子。

「先由你提問吧。」

伊丹這麼說，龍崎回道。

「這不是你的工作嗎？你不是說我只要支援就好？」

「直接和外務省的內山說話的人是你。我不知道你們對話微妙的語意。」

「這跟語意那些無關，只要詢問相關事實就好。」

這時有人來了。年紀比龍崎和伊丹更年輕。頭髮烏黑，感覺富有活力。

「讓兩位久等了。我是折口。」

伊丹說他和折口見過，但龍崎是初會。

伊丹開口。

「感謝理事官撥冗接見。」

龍崎沒有作聲。並不是感到惶恐。因為有必要問一些問題，所以他們才會前來拜訪，即使考慮到階級和立場，伊丹也沒必要哈腰鞠躬。對方是警察廳的理事官，當成與警視廳的部長同級就行了。階級應該和伊丹與龍崎一樣是警視長。

折口對龍崎打招呼。

「久仰大名了。」

「什麼大名？」

「您從警察廳調職到現在的職場的經緯。」

「只是單純的降調罷了。」

「不，我聽說並非如此。」

臉上微笑，眼神卻很銳利。感覺是野心勃勃的類型。龍崎開口。

「理事官說只有十五分鐘，那麼容我進入正題……」

「嗳，請坐。兩位所為何來，我大概已經猜到了。」

龍崎和伊丹相鄰坐下。折口坐到對面。伊丹開口。

「那就好談了。」

折口交互看著伊丹和龍崎。

「我派駐在日本駐哥倫比亞大使館期間，發生了什麼事？兩位就是想知道這件事吧？」

「可以請理事官示教嗎？」伊丹說。

「既然兩位都特地來找我了，總不能不說吧。那是我返回日本約一個月前的事，同為一等書記官的一名同仁來向我求助，說他和販毒集團的幹部有接觸，對方要求為他們開方便之門，他不知道該如何是好……」

「向理事官求助的，是遇到肇逃的八田道夫對吧？」伊丹問。

折口乾脆地肯定了。

「沒錯。當時他是日本駐巴西大使館人員，但接到特別命令，經常出差到哥倫比亞。然後他和販毒集團的幹部接觸了……兩位明白這是什麼意思嗎？不只是接受餐飲招待，有時候還會有美色服務。販毒集團的力量，是當地政府和警方都望塵莫及的。有時驚覺的時候，已經被逼到無法脫身的境地了。」

「那麼，您如何處理這個問題？」

「我要他維持現狀。」

「為了什麼……？」

「因為我認為貿然拒絕，可能會害他喪命。」

「應該不只這樣而已。」

「在哥倫比亞的時候，純粹只是這個理由。」

伊丹瞄了龍崎一眼，龍崎應道。

「您應該與販毒集團的祕密偵查，或是臥底偵查有關。」

「那是我回國以後的事，屬於高度機密。」

「也就是這麼回事，對嗎？」龍崎說。「八田向您求助。八田應該想和販毒集團一刀兩斷，但您把它視為一個千載難逢的好機會，想出了臥底計畫。據我猜想，您應該從當地連絡了警察廳的警備局和外務省的國際情報官室。因此您才會和八田一起回國。而您會調到警備局警備企畫課，就是那時候決定的事……」

折口表情不變。

「把我挖角到現在的部門的，是警備局長。至於警備局長的意圖是什麼，不是我能窺知的。」

「臥底計畫是從您回國進入警備企畫課以後正式啟動的，對吧？也就是利用八田的門路，派中南美局南美課的若尾成為臥底人員，對嗎？」

「沒錯。人選由外務省負責。」折口說到此，忽地露出訝異的神情。「但是就像我先前說的，這是高度機密事項。您是從哪裡打聽到這些情報的？」

「這是邏輯上必然的結論。若尾以意味著對背叛者殺雞儆猴的手法遭人殺害了。這表示他以某些形式背叛了哥倫比亞的販毒集團。同時不知為何，這起案子從一開始的階段，就有公安想要主導。然後在同一個時期，八田也遭到殺害……」

折口默默地聆聽龍崎說明。

「殺害八田的作案者，是隆東會這個指定團體的幹部。厚勞省的毒品緝查部的調查員說，隆東會有可能想要和哥倫比亞的販毒集團進行交易。然後經過調查，遇害的八田進出哥倫比亞的同一個時期，可說是公安首腦的警備企畫課理事官的您派駐在日本駐哥倫比亞大使館……有了這麼多材料，若尾對販毒集團做出了什麼樣的背叛行為，可說是昭然若揭。」

折口嘆了一口氣。

「警視廳的公安部和外務省的國際情報官室應該一直努力避免這些情報集中到一處……只要將情報切散，應該就不可能得出這樣的結論了。」

「但因為刑事部長的一時興起，造成了讓情報集中到我這裡來的結果。」

伊丹乾咳了一下。也許是不中意「一時興起」這個詞。或只是在表示他想要發言……？他對折口說。

「龍崎所說的內容，理事官承認了是嗎？」

「我承認。雖然是機密，卻是事實……」

龍崎開口。

「雖然承認，但不會讓我們公開，是嗎？」

「當然了。機密之所以是機密，是有理由的。」

「什麼理由？」

「為了避免出現第二、第三個若尾。臥底人員不是只有他一個人而已。日本全國，還有外國，有許多臥底人員賭上性命在進行偵查。如果這件事曝光，或許會危及其他臥底人員的人身安全。」

「這不構成理由。」

「怎麼說？」

「因為會被滲透臥底的組織，早就對這類臥底偵手法查一清二楚。不知情的只有和犯罪組織毫無瓜葛的一般民眾。因此即使公開，也不會有多少影響。」

折口眨了眨眼。

「……但就算是這樣，我們也不能刻意讓臥底人員曝露在危險當中。」

「重要的不是掩蓋有這樣的偵查手法，而是確保搭救臥底人員的方法和管道。」

「以前最高法院曾做出判決，認定祕密偵查及臥底偵查違法。」

「最高法院的判決應該尊重。但我們警察官不同於法律專家，必須應付瞬息萬變的犯罪。」

「如果公開臥底的事，不曉得會招來左翼媒體什麼樣的批評。」

「倘若換了個立場，或許我也會批判。」

「什麼？」

「對一般市民來說，不曉得哪裡有間諜潛伏的社會，應該會讓他們不安到難以忍受。就像舊蘇聯那樣……所以如果我是一般市民，一定會高聲批判。但我是警察官，為了保障國家的治安與安全，我認為若有必要，還是應該進行臥底偵查。但我認為一逕加以隱蔽的體質暗藏著危險。」

「任何時代、任何組織，都是有機密的。」

「您應該承認自己為了野心而失控了。」

龍崎感覺到伊丹驚愕地轉頭看他。折口的嘴唇抿成了一字型，臉色略為發青。

龍崎認為該說的都說了。片刻後，折口開口。

「說好的十五分鐘到了。」

龍崎起身。伊丹也驚慌地起身。折口離開了會議室。

伊丹大大地喘了一口氣，再次坐了下來。

「你居然敢說那種話……」

「哪種話？」

「什麼為了野心而失控……」

龍崎走向門口。

「這就是這個案子的本質。我非說不可。」

24

傍晚時分，龍崎接到通知，前往隆東會進行搜索的調查員回來了。根據法規，搜索時間限制在日出到日落之間，十一月九日的日落時間是下午四點三十九分。

在警察廳道別時，伊丹問龍崎。

「臥底的事該怎麼處理……？」
「交給你。你是刑事部長，由你來決定。」
龍崎如此回答。他認為伊丹應該不會公開。這樣也無所謂。對龍崎來說，重要的是查明案情背景。
下午五點半左右，緝毒官矢島打電話來。
「雖然搭了搜索的便車，但對我們來說沒什麼收獲呢……」
「對我埋怨這些，我也愛莫能助。」
「不是埋怨。算是向你報告一聲……」
「那麼我也有報告。」
「什麼？」
「據說遇害的外務省的若尾，是潛入販毒集團的臥底人員。」
「真的嗎……？」
「你說八田是牽線人的推論，雖不中亦不遠矣。」
「告訴我詳情。」

「不，我只能透露這麼多。」

「警方的保密主義真教人受不了。」

「你們也不遑多讓吧？」

話筒彼端傳來吐氣聲。也許是笑了。龍崎也淡淡地微笑。

隔天黎明時分，接到天木兼一落網的消息。警方根據發動搜索時從黑幫成員得到的情報追捕天木兼一。

凌晨三點左右，掌握了天木兼一的下落。

黎明同時，調查員闖入天木兼一藏身的地點，將其拘捕。天木躲在隆東會名下的某戶公寓，地點在熱海。

據說天木兼一在偵訊中一直保持沉默。除了意氣以外，應該也是畏懼販毒集團的報復吧。

龍崎告訴野間崎。

「請向負責的偵訊官這麼說：販毒集團的殺手殺害的若尾是臥底人員。

天木殺害的八田，就是臥底偵查的牽線人。」

「說出這些沒問題嗎？」

「交代下去，這些話不能傳出偵訊室。然後這樣恐嚇天木：警方也有警方的意氣，要自白就趁現在，要是和警方作對，狀況會變得比現在更麻煩。我們會把他放出去，讓他自己面對販毒集團。」

「好的。」

結果熬了一整夜。龍崎希望至少可以悠哉地吃頓早餐，但也不願意離開座位。

八點過後，齋藤警務課長過來了。平常的話，抱著堆積如山公文的人員也會一起過來，但今天只有齋藤一個人。

「署長早。」

「公文呢？」

「今天是星期六。」

都忘了。一直關在署裡，就會忘了今天星期幾。不用批閱公文，待在署長室實在相當無聊。龍崎懷著這樣的感覺過完上午。

就快中午的時候，野間崎忽然大聲嚷嚷道。

「天木認罪了。他坦承犯行，還供出哥倫比亞殺手的名字。」

龍崎憋著哈欠回道。

「把這些消息全部送到大井署的搜查本部。其餘的他們會處理。」

龍崎起身伸了個懶腰。野間崎和大井署的搜查本部連絡完不久，龍崎的手機就接到伊丹的電話。

「怎麼了？」

「實在太佩服了。居然能查到作案人是豪爾赫・阿爾貝洛・馬林・岡薩雷斯……這個名字也在公安掌握的名單裡。已經確認了。」

疲勞感籠罩全身，龍崎突然對一切感到意興闌珊。

「肇逃犯天木供出來的罷了。接下來交給你了。」

伊丹壓低了聲音。

「奇妙的是，公安的壓力突然全沒了。」

「一點都沒什麼好奇怪的。是因為我們兩個好好地和折口理事官談過的關係吧。」

「豪爾赫・岡薩雷斯好像已經逃亡海外了。我透過國際刑警組織發布紅色通報了。」

「紅色通報」的英文是Red Notice，也就是國際通緝令。

「這種瑣事不必逐一通知我。」

「但兩個搜查本部都是你指揮的啊。」

「在查明兩起案子的背後關聯的階段，我就功成身退了。」

「好吧，我再連絡你。」

「不用連絡了。」

龍崎掛了電話。

野間崎又呆然地看著龍崎。龍崎對野間崎和兩名連絡人員說道。

「工作結束了。你們可以回去休息了。」

25

龍崎目送野間崎和兩名連絡人員收拾完畢，離開署長室。

熬夜讓他累壞了。

龍崎也收拾準備回家，這時齋藤警務課長過來了。

「什麼事？」

「關本刑事課長連絡，說已經查到縱火犯，目前正在確認所在地。」

為什麼事情就是一樁接著一樁？

龍崎內心叫苦。遲遲無法休息。睡眠不足加上疲勞，讓他感到厭倦極了。

「馬上就要發動逮捕了嗎？」

「是的。」

「那我等接到嫌犯落網的通知好了……」

龍崎再次坐回署長席。

遲遲沒有消息。龍崎累極了，只想盡快回家，鑽進被窩裡躺下。

腦袋昏昏沉沉，眼睛澀重。他體認到自己已經不年輕了。但不能在這時候說洩氣話。

怎麼能在這種節骨眼屈服？龍崎鞭策自己。只差一步了——只差一步，一切都圓滿解決了。

結果在齋藤警務課長前來報告過了一小時之後，才傳來逮捕嫌犯的消息。後來再過了三十分鐘，關本刑事課長總算前來報告。

縱火犯是三十五歲男子，無業。本人供稱他一年前失業，精神壓力極大，只有在放火的當下，會感到情緒亢奮。

聽完形式性的報告後，龍崎開口說。

「辛苦了。好好慰勞一下調查員。」

「謝謝署長。」

「對了，本廳的特命班和戶高怎麼樣了？」

「這個……」

關本課長蹙起眉頭。

「怎麼了？果然到最後還是水火不容嗎？」

「不，奇妙的是，雙方打成了一片。特命班的人叫戶高快點進去本廳，戶高回敬要他們快點下來轄區……」

「只要結果圓滿，一切都皆大歡喜。」

「是。」

這是完全可以預料到的情形。戶高雖然特立獨行，但毫無疑問是一名優秀的調查員。專家是會惺惺相惜的。

「那麼，我要撤退了。」

「聽說署長熬了一整夜？辛苦了。」

關本離開署長室。

這次不管任何事都無法阻止我回家——龍崎懷著這樣的想法起身，祈禱電話不會響起。

這種時候，有公務車真的令人慶幸。龍崎拖著像塊破布的身子抵達了家門。一進玄關，發現客廳熱鬧滾滾。

龍崎家總是十分安靜。他詫異是怎麼回事，走到客廳，發現三村忠典在那裡。當然美紀也在。

龍崎呆站在門口。

「你不是在哈薩克嗎？」

忠典站起來。

「啊，久疏問候了。」

美紀說明。

「我說我要去哈薩克，好好談一談，結果忠典就跑回來了。」

「我搭昨天的班機回來……今天剛到。」忠典深深行禮。「害叔叔擔心了。聽說叔叔還特地向外務省打聽消息，真是太過意不去了。」

雖然不清楚是什麼狀況，但龍崎只想立刻倒下睡去。但也不能丟下他們上床去吧。

「那……」龍崎說。「你們要結婚了嗎？」

美紀睜圓了眼睛。

「相反啦。」

「相反？」

「我們決定在忠典回國以前，所有的一切都暫時保留。我們覺得這樣才是對彼此好……」

保留，也就是延後做出結論。龍崎覺得這麼做沒有意義，但實在沒有力氣和他們議論了。

龍崎問妻子冴子：「你覺得呢？」

「既然是美紀和忠典兩個人的決定，我覺得這樣就好。」

龍崎點點頭。

「嗯，你慢坐吧。我要失陪了。」

龍崎前往臥室。正在換衣服時，冴子過來了。

「案子破了嗎？」

「所以我才回來了。我的任務暫時結束了。」

「辛苦了。」

「我要睡一下。如果忠典要留下來一起吃晚飯，再叫我起來。」

「你是不是鬆了一口氣？」

「你說案子嗎？」

「我是說美紀。感覺她暫時還不會出嫁呢。」

「我可沒有什麼想法。」

「等到女兒真的要出嫁了，你一定會不知所措的。」

龍崎鑽進床上。冴子離開臥室。

會不知所措……？我嗎……？

想著想著，龍崎落入了夢鄉。

26

東大井命案的作案者豪爾赫·阿爾貝洛·馬林·岡薩雷斯在美國與墨西

哥國境附近的小鎮落網。透過國際刑警組織發布紅色通知十天後，警察廳接到了消息。

第一個捎來這個消息的不是警方人員，而是外務省的內山。他突然拜訪了大森署。

「不勞你特地跑一趟的，打通電話就夠了。」龍崎說。

「不，我想再見署長一面。這次的事，讓我學到了許多。」

「學到許多……？」

「署長第一次連絡我時，我認為為了外務省，應該徹底利用你。」

「我也是為了警方辦案而利用你。」

內山搖頭。

「然而和署長打交道的過程中，我開始覺得省廳之間的爾虞我詐實在太可笑了。」

「這是當然的。彼此都是在為了國家效力。」

內山微笑：「我真羨慕能坦然地這麼說的署長。」

「我之前也說過，沒必要羨慕我。」

內山點點頭。

「署長的話，我會銘記在心。」

接到豪爾赫・阿爾貝洛・馬林・岡薩雷斯落網的消息，警察廳的警備企畫課長和外務省的報導課長召開了不同往例的記者會，龍崎在署長室斜眼瞄著電視轉播。

警備企畫課長在說明東大井的命案。公布了被害者生前為警察廳與外務省的聯合偵查案進行情報蒐集。

說明中徹底避免使用祕密偵查、臥底偵查這些字眼。

外務省的報導課長只說對於職員的不幸遇害，感到萬分遺憾。

雖然發言頗為微妙，但總比裝作沒這回事要來得好嗎……？反正折口本人也不可能參加記者會。他可是地下理事官。

龍崎想著這些，今天也在蓋印章。

傍晚時分，他接到折口理事官的來電。

「您看了記者會嗎？」

「看了。」

「一定覺得就像隔靴搔癢吧？」

「沒這回事。我覺得做出了洽當的妥協。」

「這是署長的真心話？」

「我向來只說真心話。」

「我想也是。您這人果然有意思。」

「我並不覺得自己有趣。」

「敢一針見血地指出我的苦惱的人，就只有您一個人……」

「這話是說，理事官感到自責嗎？」

「您理解了我的痛苦。是我的野心害死了八田和若尾。」

「即使後悔，兩人也不會復生。同時，即使掩蓋事實，也毫無益處。」

「就像您說的吧。」

「我們是國家公務員。」

「沒錯……」

「國家公務員的職責是為國效力，也就是在戰場的最前線作戰。既然是作戰，有時無可避免會有人犧牲。」

一段默默無語的空檔。

「您這話讓我勇氣百倍。」

「重要的是不要重蹈覆轍。」

「您果然不是應該屈居於轄區警署的人才。聽說您以前待在長官官房？如何？要不要進來警備企畫課？」

「這不是我能決定的事。」

「只要您有意願，道路一定會為您而開。」

「我是公務員，只要接到調動命令，任何地方我都會效命。」

「既然如此……」

「但我頗中意目前的職位。」

又是一陣沉默。

「這樣啊。我明白了。轄區警署有您這樣的人才，一定如虎添翼。期待哪天能在別處再會。」

電話掛斷了。

到底是打來做什麼的？龍崎想著，放下話筒。

是想要把他挖角到警備企畫課嗎？也就是歸順於折口的旗下。

開什麼玩笑？

龍崎心想。我可是大森署的署長。

是一國一城之主。

娛樂系 046

轉迷—隱蔽搜查 4

作者 今野敏
譯者 王華懋
責任編輯 林依俐
美術設計 POULENC
書衣裡插畫 chocolate
內文排版 高嫻霖

發行人 林依俐
出版 青空文化有限公司
台北市大安區敦化南路二段105號10樓
讀者服務信箱：service@sky-highpress.com

總經銷 大和書報圖書股份有限公司
電話 02-8990-2588

印刷 前進彩藝有限公司
出版日期 2023年6月 初版一刷
定價 420元
ISBN 978-626-95272-8-1

國家圖書館出版品預行編目 (CIP) 資料

轉迷：隱蔽搜查 4 / 今野敏著；王華懋譯 . -- 初版 . -- 臺北市
: 青空文化 , 2023.6
408 面； 10.5 x 14.8 公分 . -- (娛樂系；46)
譯自：転迷：隱蔽搜查 4
ISBN 978-626-95272-8-1(平裝)
861.57　　112006682

青空線上回函